ein Ullstein Buch

Ullstein Buch Nr. 2981
im Verlag Ullstein GmbH,
Frankfurt/M — Berlin — Wien
Titel der amerikanischen
Originalausgabe:
»The Long Loud Silence«
Übersetzung von Walter Ernsting

Umschlagillustration: Fawcett, Inc.
Umschlaggraphik: Ingrid Roehling

Printed in Germany 1973
Gesamtherstellung:
Augsburger Druck- und
Verlagshaus GmbH
ISBN 3 548 02981 7

ULLSTEIN 2000

Wilson Tucker

Die Unheilbaren

SCIENCE-FICTION-Roman

Herausgegeben
von Walter Spiegl

ein Ullstein Buch

Dieses Buch widme ich

TED,

weil ihm der Titel eingefallen ist,

ERLE,

wegen eines vor langer Zeit gegebenen Versprechens,

und der

CHICAGO SCIENCE FICTION SOCIETY

aus purer Boshaftigkeit.

1

Tief im Schatten versteckt, kauerte Gary am Flußufer und wartete auf das trockene Krachen des Karabinerschusses. Die alte Frau mußte verrückt gewesen sein, wenn sie glaubte, heimlich über die Brücke schleichen zu können — verrückt oder vom Hunger zur Verzweiflung getrieben. Wie konnte die Dunkelheit der Nacht sie verbergen, wenn die Soldaten auf der anderen Seite des Flusses mit Infrarotscheinwerfern und Gewehren mit Zielfernrohren ausgerüstet waren?

Auf einer Länge von rund tausend Kilometer war dies hier die einzige noch existierende Brücke über den Mississippi; schon darum würde man auf der andern Seite besonders starke Truppenkontingente der amerikanischen Armee zusammengezogen haben. Die Chancen der alten Frau, auf die andere Seite des Stromes nach Iowa zu gelangen, waren wesentlich geringer, als die eines Schneeballs im Zyklotron.

Kein Mensch aus dem verseuchten Gebiet östlich des mächtigen Stromes konnte diesen überqueren und länger als ein paar Sekunden leben. Er konnte nur versuchen, das Leben diesseits des Mississippi so lange zu erhalten wie möglich, oder eben auf den schleichenden Tod zu warten.

Irgendwo im Dunkel krachte der erwartete Schuß.

Gary rührte sich nicht. Er wußte genau, was jetzt geschehen würde. Ein Soldat in weißem Strahlungs-Schutzanzug würde auf die Brücke hinausgehen und den Körper des Opfers mit dem Fuß anstoßen. Lebte es noch, dann würde ein zweiter Schuß fallen. Anschließend würde er die Leiche über das Geländer in den Fluß werfen.

Gary hörte das Aufklatschen nur undeutlich, denn der Wind kam aus der entgegengesetzten Richtung. Aber ohne Zweifel trieb die Leiche der halbverhungerten alten Frau bereits den Strom hinunter.

Langsam kroch Gary die Uferböschung hinauf und zog sich in die kleine Bodensenke zurück, in der er gelegen hatte, als die Frau vorbeigekommen war. Aus purer Neugier war er ihr gefolgt, obwohl er genau wußte, was passieren würde. Hätte sie Lebensmittel bei sich getragen, er würde sie ihr abgenommen haben. Aber sie trug keine Tasche, ihre Hände waren leer gewesen. Ruhig und still war sie auf die Brücke zugegangen, die den letzten Ausweg bot. Weiter südlich, wo alle Brükken zerstört waren, dienten Ruderboote dem gleichen Zweck.

Aber die Truppen waren ständig auf der Wacht.

Gary wußte, daß es genügend Soldaten gab, um das ganze Westufer zu bewachen. Von der Deltamündung im Süden angefangen bis zum Lake Winnibigoshish in Minnesota hinauf. Nördlich davon bildete die berittene Polizei eine fast undurchdringliche Mauer.

Er hätte selbst auch bei diesen Soldaten sein können, auf dem Westufer, und somit in Sicherheit, wäre er nicht vor einem Jahr restlos betrunken in einem Hotel aufgewacht.

Corporal Russell Gary, 5. Division, war im südlichen Teil von Illinois unterwegs, Rekruten anzuwerben. Er war Berufssoldat. Ein richtiges Zuhause besaß er nicht. Und so kam es, daß er an seinem dreißigsten Geburtstag auch seine zehnjährige Zugehörigkeit zum Militär feiern konnte.

Das war nun schon ein Jahr her. Die Armee schuldete ihm einen Jahressold.

Als er aus seinem Rausch aufgewacht war, hatte er sich auf der falschen Seite des Mississippi befunden, auf der bombardierten und verseuchten Seite . . .

2

Corporal Gary mußte niesen und öffnete die Augen.

Die angeschmutzte Tapete an der Decke hing in Fetzen herab und schien jeden Augenblick herunterfallen zu wollen. Seine Hose lag unordentlich auf dem Boden neben dem Bett.

»Hol's der Teufel!« krächzte er verkatert und versuchte,

sich im Bett aufzurichten. Instinktiv griff er dabei unter das Kopfkissen und zog die Whiskyflasche hervor. Da sie leer war, schleuderte er sie in eine Ecke des Zimmers, das Kopfkissen hinterher.

Die Hose fesselte seine Aufmerksamkeit. Er zog sie zu sich ins Bett, kramte die Brieftasche hervor und begann, sie zu untersuchen. Sie war genauso leer wie die Flasche, und mit einem obszönen Fluch schleuderte er sie ebenfalls in die Ecke, wo schon die Flasche und das Kopfkissen gelandet waren.

Er schwang die Beine aus dem Bett und stellte die Füße auf den Boden. Dabei berührten sie etwas Kaltes — eine zweite, allerdings ebenfalls leere Flasche. Unter dem Schrank sah der abgebrochene Hals einer dritten hervor.

»Herr im Himmel!« sagte Gary zu dem schmutzigen Teppich. »Muß das ein Besäufnis gewesen sein!«

Er stand auf und schwankte zum Waschbecken. Er drehte den Hahn auf, aber es kam kein Wasser. Mit einem Fluch stolperte er zum Telefon, das in einer Wandnische stand.

»Was ist denn los, zum Teufel?« brüllte er wütend hinein. »Ich will Wasser haben! Warum fließt denn kein Wasser?«

Das Telefon blieb stumm.

Er ließ den Hörer einfach los; mit einem Krachen prallte der Hörer gegen die Wand. Kalk rieselte herab. Erneut fluchte Gary, aber er machte sich wenigstens daran, das Zimmer zu durchsuchen.

Es unterschied sich nicht von den anderen billigen Hotelzimmern, wo er hin und wieder aus dem einen oder anderen Grund übernachtet hatte. Mindestens eine Woche war hier nicht saubergemacht worden. So lange hatte er sich hier allerdings nicht aufgehalten. Krampfhaft versuchte er, sich an das zu erinnern, was geschehen war.

Geburtstag und zehnjähriges Jubiläum — wenn das kein Grund zum Feiern war, dann gab es überhaupt keine Anlässe mehr. Aber er konnte schließlich nicht eine ganze Woche lang besinnungslos im Bett gelegen haben.

Irgend jemand hätte ihn bestimmt vermißt!

»Zum Teufel!« brummte er verstört und griff nach seiner Hose.

Es war das einzige Kleidungsstück, das er finden konnte; alles andere war verschwunden. Er verfluchte den unbekannten Dieb und trat hinaus auf den Gang. Die Zimmernummer verriet ihm, daß er sich im dritten Stock befand. Ohne zu zögern, ging er auf die Treppe zu; bei jedem Schritt stieg eine Staubwolke auf.

Kurz vor der Treppe kam er an einer offenstehenden Tür vorbei und warf automatisch einen Blick in das Zimmer. Als er zwei Schritte weitergegangen war, blieb er plötzlich stehen und ging vorsichtig zurück. Tatsächlich, da lag eine Frau auf dem Bett, splitternackt.

Er sah sich vorsichtig nach allen Seiten um, aber es war niemand zu sehen. Entschlossen betrat er das Zimmer, das einen genauso unordentlichen und schmutzigen Eindruck machte wie sein eigenes. Was ihm besonders auffiel, war der aufdringliche Geruch. Irgendwie kam er ihm bekannt vor. Die Sachen der Frau waren im ganzen Zimmer verstreut; eine Handtasche lag halb unter dem Bett, der Inhalt war ausgeschüttet worden. Ein leerer Koffer lag in der Ecke.

Er betrachtete die nackte Frau. Sie mochte etwa dreißig bis vierzig Jahre alt sein, war weder hübsch noch häßlich und paßte irgendwie zu dem schäbigen Hotelzimmer. Offensichtlich eine Hure. Narben bedeckten ihren Körper, und frisches Blut tropfte aus den Ohrläppchen, aus denen man anscheinend die Ohrringe einfach herausgerissen hatte.

Gary trat näher an das Bett heran, trotz des widerlichen Geruchs. Sein Verdacht wurde sofort bestätigt: Der Griff eines Bajonetts ragte zwischen den Rippen auf der ihm abgewandten Seite hervor.

Er zögerte nur eine Sekunde, ehe er sich umwandte und wie von Furien gehetzt auf den Gang hinauslief. Mit großen Sätzen rannte er die Treppe hinunter, vorbei am zweiten und ersten Stock, und erreichte keuchend die Empfangshalle.

Niemand war zu sehen.

»Hallo!« schrie er atemlos. »Ich bin es! Corporal Gary!«

Keine Antwort.

Wütend trommelte er mit den Fäusten auf die Tischplatte der Rezeption, wieder wirbelte Staub auf. Verdammt, so lange konnte er doch nicht geschlafen haben! Sein Blick fiel auf einen Kalender, der an der Wand ihm gegenüber hing. Mittwoch, 20. Juni! Das war der Tag nach seinem Geburtstag. Das Blatt war mit einer dünnen Staubschicht bedeckt.

Langsam wandte er sich um und trat durch die offene Tür hinaus auf die Straße. Die Sonne wärmte seinen nackten Oberkörper. Unter seinen Fußsohlen spürte er die Unregelmäßigkeit des Pflasters.

Ein Hund trottete über die Straße.

Er ignorierte den Hund und konzentrierte seine Aufmerksamkeit auf das Auto, das in voller Fahrt gegen eine Hauswand gefahren sein mußte. Der Kühler war eingedrückt, und die Windschutzscheibe zersplittert. Die leblose Gestalt des Fahrers hing über dem Steuerrad. Der aufdringliche Geruch, den er schon in dem Hotelzimmer der Frau wahrgenommen hatte, war hier auf der Straße noch intensiver.

Langsam ging Gary weiter und versuchte, einen Sinn in das bisher Wahrgenommene zu bringen. Der riesige Bombenkrater, an den er plötzlich kam, versperrte ihm den Weg. Ein Schreck durchfuhr ihn. Und dann wußte er alles.

Der runde Krater nahm die ganze Breite der Straße ein. Ein Lastwagen war hineingefahren und lag mit den Rädern nach oben darin. Gleich hinter dem Krater war ein weiterer, und Gary entsann sich der Bilder, die er von Kriegsschauplätzen in Asien gesehen hatte. Hauswände waren eingestürzt und die Fensterscheiben zerbrochen. Die Stadt war bombardiert worden, während er in dem Hotel seinen Rausch ausgeschlafen hatte.

Bomben? Hier in Illinois? Wer konnte das getan haben?

Darum also war das Hotel verlassen, darum hatte die tote Frau im Bett gelegen. Und die Überlebenden hatten die Stadt verlassen.

Die Überlebenden?

Gary begann zu laufen. Er wollte einen lebenden Menschen sehen. Aber er fand nur Trümmer, ineinander verkeilte Fahrzeuge, einige Leichen — und eine Zeitung. Er hob sie auf und suchte nach einem Hinweis. Aber von Krieg stand nichts darin. Das Datum der Ausgabe war der 30. Juni, ein Mittwoch.

Er ließ die Zeitung fallen und lief weiter. Er fand ein Auto, dessen Radio noch funktionierte.

Fieberhaft versuchte er, eine Station hereinzubekommen, aber nur ein Summen kam aus dem Lautsprecher.

Es wurde nicht mehr gesendet. Vielleicht geschah es aus taktischen Gründen, um dem Gegner keinen Hinweis zu geben. Gary lehnte sich auf dem Autositz zurück und überlegte.

Technisch gesehen war er ein Deserteur. Seine Abwesenheit von der Truppe mußte nach drei Tagen festgestellt worden sein. Er mußte also unbedingt eine militärische Dienststelle finden und sich zurückmelden. Aber wo? Vielleicht in Chicago? Züge würden nicht mehr fahren, denn die Bahngleise wurden immer zuerst bombardiert. Also mußte er einen fahrbereiten Wagen finden. Und Schuhe, denn die Füße taten ihm weh.

Und natürlich Proviant.

Corporal Gary saß auf dem Rand des Bürgersteigs und verzehrte seine Mahlzeit. In einem verlassenen Lebensmittelgeschäft hatte er genügend Konserven gefunden. Da kein Wasser aus den Leitungen floß, begnügte er sich mit Fruchtsäften und Sodawasser.

Als er sich gesättigt fühlte, warf er die leeren Dosen weit hinaus auf die Straße, zog eine Packung Zigaretten aus der Tasche und zündete sich eine an.

»Hol mich der Teufel!« sagte er in die Abenddämmerung

hinein.

Das Auto stand nicht weit entfernt und schien auf ihn zu warten. Das Radio war eingeschaltet und summte. Bis jetzt hatte es noch keinen anderen Ton von sich gegeben.

Den ganzen Nachmittag hatte er damit zugebracht, die Stadt von einem Ende zum andern abzusuchen. Sie schien von allen Menschen verlassen, und nur die Toten waren zurückgeblieben. Er dachte daran, daß sich vielleicht noch Lebende hier versteckten, Plünderer und Mörder, aber er sah niemand. Außer ihm lebte keiner mehr in dieser Stadt, bis auf den Hund, den er am Morgen gesehen hatte.

Dann kam ihm plötzlich ein schrecklicher Gedanke.

Er hatte viele bombardierte Städte in Asien gesehen, aber noch niemals eine so vollständig tote. Dabei gab es eigentlich verhältnismäßig wenige Bombenkrater. Sicher, es konnte eine Panik ausgebrochen sein, denn noch nie in der Geschichte zuvor war eine amerikanische Stadt bombardiert worden. Aber woher kamen die vielen Toten, die auf den Straßen herumlagen?

»Gas! Natürlich, sie haben Gas geworfen!«

Aber dann stockte er. Nein. Gas konnte es nicht gewesen sein, denn das hätte auch ihn im Hotel erwischt, selbst im dritten Stock. Es roch auch nicht nach irgendeinem Gas. Außerdem hatte der Hund auch noch gelebt.

Radioaktivität? Bakterien? Davon wußte er nicht allzu viel und konnte daher auch nicht sagen, welche dieser beiden Möglichkeiten in Betracht kam. Aber die vielen Toten? Wo kamen die her?

Einen Geigerzähler müßte man haben!

Aber woher nehmen? Und wenn es Bakterien waren, so konnte er gar nichts machen. Wenn seine Schutzimpfung ihm nicht half, war er verloren — sofern es Bakterien waren.

Er lebte noch, also war er immun. Er war der einzige Überlebende in einer toten Stadt.

Irgendwo wurde mit lautem Knall und Klirren eine Schaufensterscheibe zerschmettert. Er war also doch nicht der letzte Überlebende!

Von links war das Geräusch gekommen, nicht weit entfernt. Für Sekunden verharrte er wie gebannt, dann sprang er auf und raste zu seinem Wagen. Aber da fiel ihm ein, daß das Geräusch des Motors den andern verscheuchen könnte, und er wollte endlich wieder einen lebenden Menschen sehen. Er ließ das Auto stehen und ging vorsichtig weiter, dabei ständig nach allen Seiten sichernd. Überall lagen Glasscherben, und es war unmöglich zu sagen, welche von der soeben zerbrochenen Scheibe herrühren mochten.

Er überquerte eine Kreuzung. Die Nacht brach herein. Immer weiter ging er, ohne eine Spur des Unbekannten zu entdecken. Alles war still, und nicht das leiseste Geräusch verriet die Nähe eines Menschen.

Nach der dritten Kreuzung wußte er, daß er zu weit gegangen war. Langsam drehte er sich um und ging den gleichen Weg wieder zurück. Plötzlich sah er nicht weit vor sich das kurze Aufblitzen eines Lichtes, vielleicht einer Taschenlampe.

Vorsichtig näherte er sich der Stelle und stand dann vor einem Juweliergeschäft. Also doch Plünderer! Aber was hieß hier noch Plünderer, wo jedes Geschäft vom Inhaber verlassen war und man sich nehmen konnte, was man wollte.

Erneut blitzte der Lichtschein auf, und er konnte eine Silhouette flüchtig erkennen. Er kroch näher und hörte plötzlich einen freudigen Ausruf.

Der Plünderer war eine Frau.

Gary blieb stehen. Es würde wenig Zweck haben, die Frau zu erschrecken. Vielleicht war sie bewaffnet und würde auf ihn schießen, obwohl er nicht die Absicht hatte, sie daran zu hindern, sich zu nehmen, was sie haben wollte. Er interessierte sich nur für sie als Mensch, nicht für die Juwelen. Also blieb er draußen auf der Straße und wartete.

Zweimal trat sie aus dem Laden auf die Straße hinaus und sah sich um, ob jemand kam, aber sie sah ihn nicht. Er hatte sich gegen die Hauswand gedrückt.

Er hörte, wie sie drinnen ihre Beute zusammenraffte.

Als sie endlich den Laden verließ, trug sie eine große Papiertüte in der Hand. Gary spannte seine Muskeln und wartete. Er hatte sich inzwischen auf den Gehsteig gelegt, als sei er nur einer der vielen Toten in der Stadt. Die Fremde machte einen kleinen Bogen um ihn — und er sprang auf.

Die Frau schrie voller Entsetzen und wollte ausweichen. Sie stolperte und stürzte zu Boden. Die Tüte fiel auf den Gehsteig und platzte auf. Gary war sogleich über ihr und preßte sie mit seinem Gewicht nach unten. Mit einer Hand versuchte er, ihr den Mund zuzuhalten.

»Sei doch still, ich tu dir nichts!« sagte er.

Sie aber biß ihn in die Hand und rief mit halberstickter Stimme:

»Du bist ein Bulle, ein verdammter Bulle!«

»Ich bin nicht von der Polizei. Jetzt halt den Mund und brüll nicht in der Gegend herum!«

Er erwischte einen Zipfel ihres Kleides und stopfte ihn ihr in den Mund. Sofort wurde sie still, aber sie versuchte ihn zu treten und zu kratzen. Nur unter Aufbietung all seiner Kräfte konnte Gary sie bändigen.

»Wenn du jetzt nicht aufhörst, dann — dann . . .«

Er hielt ihr die geballte Faust vor das Gesicht.

Vorsichtig zog er ihr dann den Knebel wieder aus dem Mund.

»Nimm dir doch den Plunder!« keifte sie wütend. »Nimm ihn dir und laß mich in Ruhe!«

»Du kannst es behalten, ich brauche es nicht«, gab er zurück und fühlte, wie sie sich entspannte. Da ließ er sie los. Sie richtete sich ein wenig auf. In der Dunkelheit war sie kaum zu erkennen.

»Du willst die Juwelen nicht haben?« fragte sie mit verwunderter Stimme. »Was willst du dann?«

»Dich!« sagte er brutal.

»Ich kann dich nicht daran hindern.«

»Red doch keinen Unsinn!« sagte er verärgert. »Du und ich, wir beide sind die letzten Überlebenden in dieser Stadt. Begreifst du das endlich?«

»Ich glaube schon.«

Er bemerkte erst jetzt, daß ihre Stimme schüchtern klang. Er suchte nach der Taschenlampe, die sie fallengelassen hatte, fand sie und schaltete sie ein. Der Schein fiel auf ein verängstigtes schmales Gesicht, aus dem ihm zwei große geweitete blaue Augen entgegensahen.

»Lieber Himmel, du bist ja noch ein Kind!«

»Ich bin neunzehn!« entgegnete sie heftig.

Er schaltete die Lampe aus.

»Siebzehn vielleicht, mehr nicht!«

»Neunzehn!«

»Wie heißt du?«

»Irma Sloane. Und du?«

»Russell Gary. Wirst du jetzt vernünftig sein?«

»Ja, natürlich. Aber zuerst mußt du mir helfen, die Juwelen wieder zusammenzusuchen. Es ist deine Schuld, daß sie auf der Straße herumliegen.«

Er leuchtete mit der Lampe, während sie sich daran machte, ihre Beute wieder aufzusammeln.

Langsam wurde er ungeduldig.

»Was willst du bloß mit dem Kram?« fragte er. »Es gibt genügend andere Geschäfte hier in der Stadt.«

»O ja, das stimmt! Ich kenne sie alle. Morgen werden wir sie zusammen ausräumen. Du kommst doch mit?«

»Den Teufel werden wir! Morgen verlassen wir die Stadt, denn wer weiß, wie es morgen abend hier aussieht. Du darfst die vielen Leichen und die Sonne nicht vergessen.«

Sie gab keine Antwort, sondern nahm ihm die Taschenlampe aus der Hand. Sie leuchtete ihn an und betrachtete ihn schweigend. Dann löschte sie das Licht und sagte:

»Du könntest dich mal wieder rasieren, Russell.«

Er grinste.

»Es muß auch so gehen. Verschwinden wir jetzt.«

»Wohin?«

Er zögerte. Ja, wohin sollten sie gehen? Da standen sie, die beiden letzten Menschen in einer großen Stadt, die das Opfer der Bomben eines unbekannten Feindes geworden war. Man hätte sich einige Decken holen können, ein Platz zum Schlafen wäre dann leicht gefunden. Doch ihm kam ein anderer Gedanke.

»Kennst du die Stadt gut?«

»Ich habe immer hier gewohnt, mein ganzes Leben lang.«

»Dann zeig mir ein Hotel, möglichst ein großes Hotel.«

Sie zögerte einen Augenblick, und er glaubte ihre Gedanken zu erraten. Dann aber nickte sie im Dunkel der Nacht.

»Gut. Ich weiß eins, nicht weit von hier entfernt.«

Auf den ersten Blick wirkte die Empfangshalle leer. Dann entdeckte er den toten Portier zwischen einigen Sesseln.

»Wann fand dieses Bombardement eigentlich statt?«

»Am frühen Abend. Im Radio erzählten sie etwas von abgeschossenen Flugzeugen und Abwehrraketen, aber es war alles sehr verworren.«

Er hatte einige Zimmerschlüssel von den Haken hinter der Rezeption genommen.

»Wie kam es, daß du noch lebst?«

»Ich war außerhalb der Stadt und hörte von dem Bombardement. Als ich zurückkehrte, fand ich — meine Eltern . . .«

»Alle tot«, nickte Gary und ging auf die Treppe zu.

»Meine Mutter war ganz verfärbt. Blaurot. Es war gräßlich.«

»Und das geschah am Mittwoch? Was ist heute für ein Tag?«

»Freitag.«

Er schüttelte den Kopf und begann, die Treppe hinaufzusteigen. Im ersten Stock blieb er stehen und lauschte. Es war nichts zu hören, und die Gewißheit, allein zu sein, wirkte plötzlich beruhigend. Im zweiten oder dritten Stock würden sie sicherer sein als weiter unten. Vielleicht gab es außer ihnen doch noch gemand in der Stadt.

»Was hast du eigentlich von Mittwoch bis heute gemacht?« fragte er und zog sie hinter sich her.

»Ich weiß es selber nicht mehr«, antwortete sie und begann zu schluchzen. »Als ich nach Hause kam und meine Mutter sah — oh, es war grauenhaft. Ich konnte zuerst nichts essen, denn mir wurde dabei übel. Schon der Gedanke an Essen war furchtbar. Aber dann mußte ich es tun; aber ich wagte mich nur an Konserven heran. Wasser war nicht da, auch keine Elektrizität.«

»Die Versorgungswerke müssen ausgefallen sein«, brummte Gary. »Wie war es mit dem Gas?«

»Das funktionierte zuerst noch, aber der Druck ließ nach, und die Flamme wurde kleiner.«

»Kein Druck mehr in der Leitung. In zwei oder drei Tagen ist es auch damit vorbei.«

»Und was werden wir dann tun?«

»Bis dahin sind wir nicht mehr hier. Wir werden die Stadt verlassen.«

»Wohin sollen wir denn gehen?«

Er gab keine Antwort, denn sie hatten den dritten Stock erreicht. Sorgfältig untersuchte er die mitgenommenen Schlüssel und probierte so lange an der ersten Tür herum, bis sie aufging. Es war ein Einzelzimmer. Ebenso die nächsten beiden. Das vierte erwies sich als ein Zimmer mit zwei breiten Betten. Er schloß die Verbindungstür auf, die zum Nachbarzimmer führte. Die beiden Türen zum Gang sperrte er ab.

»Hier werden wir über Nacht bleiben«, sagte er.

Sie schien ihn zu beobachten, gab aber keine Antwort.

Er machte eine Geste vom einen Zimmer zum andern.

»Welches Zimmer möchtest du haben?«

Irma schüttelte den Kopf und schwieg noch immer.

»Nun los, keine falsche Scham!« sagte er barsch. »Such dir dein Zimmer aus. Ich stehle deine Juwelen schon nicht.« Er nahm sie ihr ab und legte sie auf den Tisch. »Wo also?«

»Ich habe Angst!«

»Aber Kind, wovor denn?«

»Ich will nicht allein in einem Zimmer schlafen.«

»Zum Teufel! Ich habe die Türen zum Gang abgeschlossen.«

»Ich schlafe nicht allein. Es ist alles so grauenhaft — tot!«

Russell Gary betrachtete nachdenklich ihr noch jugendliches, fast kindliches Gesicht. Was sollte er nur mit ihr anfangen? Am liebsten hätte er sie jetzt einfach stehengelassen und wäre davongegangen. Aber er durfte sie nicht allein lassen, ein schutzloses Kind. In plötzlicher Entschlossenheit schaltete er die Taschenlampe aus, und es wurde stockfinster.

»Wie du willst«, sagte er. »Ich nehme das Bett am Fenster.«

Er setzte sich darauf und begann sich auszuziehen. Dann legte er sich hin und zog die weißen Laken bis zum Hals hoch. Das Fenster hatte er ein wenig geöffnet. Kein Laut war zu hören, nur das leise Rascheln von Kleidungsstücken, als Irma sich auszog.

Dann knarrte das Bett neben ihm leise, und er hörte ein unterdrücktes Seufzen . . .

Als er etwas später aufstand, weil sein Mund trocken war, kam natürlich kein Wasser aus der Leitung. Fluchend legte er sich ins Bett. Sogleich kuschelte sich Irma wieder an ihn und flüsterte ihm ins Ohr: »Glaubst du mir jetzt, daß ich neunzehn bin?«

3

Die ersten Strahlen der Sonne weckten ihn. Im ersten Augenblick wußte er nicht, wo er sich befand und wie er hierher gekommen war, doch dann erinnerten ihn die Stille draußen wieder an das, was vorgefallen war. Er lebte immer noch, das war sein erster überraschender Gedanke.

Er warf einen Blick auf das andere Bett und setzte sich dann mit einem Ruck aufrecht. Die Kissen und Laken waren zerwühlt — das Mädchen war verschwunden. Die Juwelen lagen auch nicht mehr auf dem Tisch, wohl aber die Taschenlampe.

Mit einem Fluch sprang er aus dem Bett und lief mit bloßen Füßen zur Tür zum Gang. Sie war abgesperrt, aber der Schlüssel fehlte.

»Verdammtes Luder!« brummte er wütend. »Erst neunzehn Jahre alt und schon so verdorben!«

Gestern im Bett hatte sie es ihm bewiesen, daß sie tatsächlich neunzehn Jahre alt war.

Langsam ging er ins Bad. Es lief natürlich kein Wasser, aber im Wasserbehälter der Toilette befand sich welches. Es kostete zwar einige Mühe, es herauszuschöpfen, aber schließlich hatte er genügend davon im Waschbecken.

Das kalte Wasser erfrischte ihn. Beim Abtrocknen warf er einen Blick in den Spiegel und erschrak fast.

Er hatte einen dichten Stoppelbart.

Splitternackt rannte er die Treppen hinunter zur Empfangshalle. Sie war natürlich leer. Nichts verriet die Anwesenheit von Menschen. Gleich neben dem Hotel war ein Friseursalon. Er trat die Tür ein, holte sich heraus, was er zu einer Rasur benötigte, und ging in eines der Hotelzimmer im ersten Stock, wo er begann, sich den Bart abzuschaben, nachdem er auch hier frisches Wasser aus der Toilette geholt hatte. Dann fiel ihm ein, daß er seine Hose im dritten Stock hatte liegen lassen. Er ging hinauf. Als er den Gang betrat, sah er, daß die Tür des Zimmers, die Irma zugeschlossen hatte, offenstand. Vorsichtig schlich er sich heran und zuckte zusammen, als er plötzlich ein Geräusch hörte. Vorsichtig blickte er in den Raum. Quer über seinem Bett lag Irma und schluchzte in die

Kissen.

»Warum heulst du denn? Hör endlich auf!«

Das Mädchen fuhr aus den Kissen hoch und starrte ihn mit aufgerissenen Augen an. Dann stieß sie einen Schrei aus, sprang vom Bett und fiel ihm um den Hals.

»Ich dachte, du hättest mich verlassen«, schluchzte sie, aber jetzt waren es Tränen der Freude.

Sie preßte sich verzweifelt an ihn.

Er machte sich los.

»Dasselbe habe ich von dir angenommen.«

Keine Antwort.

»Wo bist du gewesen?«

Sie lächelte und zeigte auf das Bett.

»Sieh nur, was ich da habe. Sind sie nicht wundervoll?«

Er sah die große Einkaufstüte und bemerkte, daß sie bis obenhin mit irgendwelchen Dingen gefüllt war.

Doch als sie zum Bett eilte und den Inhalt auf das Laken schüttete, betrachtete er ihre Beute ohne jedes Verständnis.

»Lieber Himmel! Wo hast du denn den Plunder her? Kann man den vielleicht essen?«

»Sie gehören mir, mir ganz allein!« rief sie und wühlte mit beiden Händen in den Juwelen. »Sind sie nicht herrlich?«

»Du kannst sie nicht essen!« wiederholte er. »Wenn du am Leben bleiben willst, dann besorge Konserven und Fruchtsaft.«

»Nie im Leben habe ich Juwelen besessen.« Sie schüttelte trotzig den Kopf. »Jetzt gebe ich sie nicht wieder her.«

Er warf ihr einen wütenden Blick zu und ging zur Tür.

»Ich gehe frühstücken. Kommst du mit?«

Ohne eine Antwort abzuwarten, trat er hinaus auf den Gang.

Sie setzten sich auf den Gehsteig vor einem Lebensmittelgeschäft und öffneten die Dosen, die sie sich aus dem Laden geholt hatten. Viel Appetit verspürten sie noch nicht, aber sie wollten für schlechtere Zeiten vorsorgen. Dann fragte Gary sie, ob sie wüßte, wo ein Autogeschäft war. Er wollte einen Wagen haben, der nicht viel Benzin verbrauchte. Sie führte ihn zu einer großen Vertretung, und er entschied sich für einen robusten Kombiwagen, der als Vorführmodell gedient hatte und voll aufgetankt war.

»Warum bist du so kritisch?« fragte sie. »Du kannst doch einfach jeden Wagen von der Straße nehmen. Niemand kümmert sich darum.«

»Ich brauche einen neuen Wagen«, brummte er und überprüfte noch einmal den Motor.

»Wohin fahren wir?«

»Das weiß der liebe Gott. Wir müssen raus aus der Stadt, vielleicht in Richtung Chicago oder New York. Vielleicht ist alles zerstört und wir müssen unser Glück in Kalifornien versuchen.«

»Sind wir — sind wir die einzigen, die es überstanden haben?«

»Das ganze Land kann doch nicht tot sein! Los, einsteigen! Wir nehmen noch einige Reservetanks mit und möglichst viele Konserven. Weißt du, wo ein Waffengeschäft ist?«

»Ein Waffengeschäft? Nein.«

»Oder ein Sportartikelgeschäft?«

Sie überlegte.

»Ja, da weiß ich eins. Man bekommt dort auch Stiefel und alles für Jäger und Angler.«

»Genau das meine ich. Zeig mir den Weg!«

Der Kombi funktionierte einwandfrei, und bald hatten sie das Geschäft erreicht. Gary nahm zwei Gewehre, einen .30—30 Karabiner und ein Marlin Kleinkalibergewehr, und genügend Munition. Dann fuhren sie zu einem Lebensmittelgeschäft und luden den Wagen mit Konserven voll. Gary bemerkte, daß vor ihnen jemand hier gewesen sein mußte. Das veranlaßte ihn dazu, erneut beim Waffengeschäft vorbeizufahren und sich einen .38er Revolver mit Munition zu holen.

Dann verließen sie die Stadt und befanden sich bald darauf auf dem Highway nach Chicago. Ab und zu mußten sie Umwege machen, wenn Bombenkrater, gefüllt mit schlammigem Wasser, die Straße aufgerissen hatten. Ab und zu stellte Gary das Radio an, aber keine der bekannten Stationen sendete.

Plötzlich rief Irma aus:

»Sieh nur — dort — ein Mann!«

Ein lebender Mensch war etwas so Außergewöhnliches, daß Gary sofort das Gas wegnahm.

»Wo?«

»Dort, bei den Häusern.«

Ein Seitenweg führte zu einer kleinen Ansiedlung. Gary hielt an und blieb an der Einmündung des Weges stehen.

»Hallo, Sie da!«

Er lehnte sich aus dem Fenster des Autos.

Zu seinem Erstaunen drehte sich der Mann um, rannte ins Haus und kehrte Sekunden später mit einem Gewehr zurück, das er auf Gary anlegte. Zwei Jungen mit Gewehren waren ihm gefolgt.

»Machen Sie, daß Sie weiterkommen!« rief der Alte.

»Aber hören Sie doch, ich will nur eine Auskunft.«

»Eine Kugel auf den Pelz können Sie haben, mehr nicht!«

»Können Sie mir sagen, wo ich Militär finde?«

»Hier ist kein Militär«, brüllte der Alte und feuerte einen schlecht gezielten Schuß ab.

Gary legte den Gang ein und gab Gas. Zwei Kilometer hinter dem Dorf hielt er an und zündete sich eine Zigarette an.

»Komischer Kauz, was?« sagte er zu Irma.

»Ja, was war denn mit dem Kerl los?«

Gary lachte, aber es klang sehr bitter.

»Die Plünderer bringen uns in einen schlechten Ruf«, sagte er.

Sie senkte den Kopf.

»Schade, nun haben wir nichts erfahren.«

»Und ob wir etwas erfahren haben«, widersprach er. »Wir

wissen, daß es Überlebende in den Städten gab, die aufs Land flüchteten, wo sie den Farmern Lebensmittel stahlen. Was meinst du, warum der Alte so wütend war?«

Er zog den Revolver aus der Tasche und lud die Trommel. Dann legte er ihn zwischen seine Füße auf den Wagenboden. Erst als er das getan hatte, fuhr er fort:

»Es scheint, daß die Leute auf dem Land die Katastrophe zum größten Teil überlebt haben. Das Giftgas oder die Bakterien konnten sich in der Stadt besser ausbreiten. Wir werden es bald erfahren.«

»Was hast du vor?«

»Ich? Ich suche eine Dienststelle der Armee, um mich zurückzumelden. Man wird mich neu ausrüsten und irgendwohin schicken. Damit würde unsere Trennungsstunde schlagen.«

»Und was wird aus mir?«

»Soll ich dich vielleicht mitschleppen?«

Sie lachte, aber es war ein herbes Lachen.

»Ich bin neunzehn Jahre alt! Könnte deine Truppe denn keine Marketenderin brauchen?«

Er lächelte etwas hilflos.

»Das Rote Kreuz wird dich brauchen können.«

»Ich will aber bei dir bleiben, Russell!«

Er schüttelte den Kopf über so viel Unverstand.

»Die Armee hat ein größeres Anrecht auf mich, Kind. Wenn wir sie finden, trennen sich unsere Wege.«

Sie verengte die Augen zu schmalen Schlitzen.

»Nun gut, wie du willst. Vorerst ist es aber noch nicht soweit.«

Kurz vor Chicago zwang sie der Gestank, der ihnen aus der Stadt entgegenschlug, zum Anhalten. Der Wind kam ihnen entgegen, und damit auch der Gestank brennender Häuser und verwesender Leichen. Tagelang mußte es hier bereits brennen; die geschwärzten Ruinen bewiesen das eindeutig. Es war Abend, und über der ganzen Stadt lag ein roter Schimmer. Chicago hatte sich in ein riesiges Krematorium verwandelt.

Gary stand neben dem Wagen und starrte zu der nahen Stadt hinüber. Er unterdrückte den Fluch, der sich auf seine Lippen drängte.

»Russell —« sagte das Mädchen und schmiegte sich an ihn. »Ist es nicht gefährlich? Wenn das die Bomben angerichtet haben, müssen wir fort.«

»Vielleicht hält die Wirkung nicht so lange an, wir wissen es nicht.«

Er versuchte, sich an Armee-Dienstvorschriften zu erinnern, aber es gelang ihm nicht. Mit einem bakteriologischen Krieg hatte man im Zeitalter der Atombomben nicht mehr gerechnet.

»Kehren wir um!« sagte Irma. »Ich habe Angst.«

Er nickte, und sie stiegen wieder in den Wagen. Sie ließen die brennende Stadt hinter sich und folgten einfach einer breiten Straße. Gary kam es mit einem Male zum Bewußtsein, wie isoliert er war und wie wenig er von dem wußte, was vorgefallen war. Zweimal versuchte Irma, ihn etwas zu fragen, aber er reagierte nicht darauf.

»Ich habe dich gefragt, wo wir schlafen werden!« sagte sie jetzt wütend.

»Keine Ahnung. Irgendwo.«

»Wir sind an einigen Motels vorbeigefahren.«

»Ich kehre jetzt nicht um. Vielleicht kommt noch eins.«

Das Aufwachen am anderen Morgen unterschied sich kaum von dem der vorhergegangenen Tage. Gary rollte sich aus den Laken und versuchte, die grauenhafte Erinnerung an das brennende Chicago aus seinem Gedächtnis zu verbannen. Aber immer wieder mußte er daran denken, ob noch jemand in der großen Stadt lebte, oder ob wirklich alles tot war.

Er stand auf und zog sich an, ohne sich um das noch schlafende Mädchen zu kümmern. Dann ging er hinaus und betrachtete den auch bei Tag rötlich gefärbten Himmel.

Gary lenkte den Wagen nach Westen.

Dort gab es noch weites Land und die Möglichkeit, die Katastrophe zu überleben. Vielleicht fand er dort auch Einheiten der Armee. Er hatte an einer verlassenen Tankstelle getankt und hoffte, weiter westlich endlich auf Menschen zu stoßen.

Vorerst änderte sich nichts. Wenn sie Menschen fanden, so wehrten sich diese mit Waffengewalt gegen jede Annäherung und verweigerten jegliche Auskunft auf seine Fragen. Er fand sogar einen Farmer, der auf dem Feld arbeitete, bewacht von seinen mit Gewehren bewaffneten Söhnen.

Eine Annäherung war unmöglich.

Kleinere Städte waren meist nur noch ausgebrannte Ruinen, und die Festungen gleichenden Farmen wirkten wie Inseln im Toten Meer.

Einmal kamen sie durch eine unversehrt gebliebene Stadt. Gary konnte fühlen, wie die Menschen hinter den Fenstern lauerten und ihm nachblickten. Erst am Ortsende wurde er von einer bewaffneten Streife angehalten. Er erklärte, die Armee zu suchen, zeigte seinen Ausweis und durfte weiterfahren. Neues konnte man ihm nicht erzählen, denn man wußte selbst nichts.

Das Radio schwieg noch immer.

In einer Stadt nahe am Mississippi hatte er mehr Glück. Der Dorfdrucker hatte eine Zeitung von zwei Seiten fertiggestellt und verkaufte sie zu Höchstpreisen. Die Neuigkeiten darin stammten von Durchreisenden und Flüchtlingen, da sonst jede Nachrichtenquelle fehlte. Viel stand nicht darin.

Jede Stadt im Umkreis war bombardiert worden, sofern sie eine gewisse Bedeutung besaß. Der Feind war unbekannt geblieben, wenn auch die Vermutungen in ein und dieselbe Richtung wiesen. Es waren normale Spreng- und Brandbomben geworfen worden, aber auch Bomben, die den schleichenden Tod verbreiteten, schneller oder langsamer, je nach der gesundheitlichen Konstitution des Betroffenen. Selbst wenn die Flüchtlinge schon mehrere Tage unterwegs waren, konnten sie noch sterben, denn sie trugen den Tod mit sich.

Gary fragte den Drucker:

»Wo ist die Armee?«

»Dort, im Westen. Mein Sohn hat Soldaten gesehen.«

»Wo genau?«

»Auf der anderen Seite des Flusses.«

»Danke. Ich werde mich bei ihnen melden.«

Der Drucker schüttelte den Kopf.

»Das wird nicht gehen. Sie lassen keinen über den Fluß.«

»Warum denn nicht?«

»Keine Ahnung. Alle Brücken wurden gesprengt.«

»Dann werde ich schwimmen«, entgegnete Gary und lenkte den Wagen auf die Straßenmitte.

Die Brücke bei Savannah war eine mächtige Stahlkonstruktion und verband das felsige Ufer von Illinois mit dem Staat Iowa. In der Mitte der Brücke jedoch klaffte ein riesiges Loch, und die verbogenen Stahlträger zeugten von der Explosion.

Gary hielt fast einen Kilometer von der Brücke entfernt an, weil eine Schlange von Autos den Weg versperrte. Er stieg aus und schirmte die Augen mit der Hand ab, um die Gruppe Soldaten besser erkennen zu können, die auf der anderen Seite der Brücke standen.

Irma kam aus dem Wagen und schob ihren Arm unter den seinen.

»Russell, willst du mich jetzt verlassen?«

Er zeigte in Richtung der Soldaten.

»Ja. Ich gehöre zu ihnen.«

»Aber Russell, du kannst mich doch jetzt nicht einfach allein lassen. Was soll ich denn tun ohne dich?«

Er sah sie an.

»Es ist mir gleich, was du tun wirst; ich muß mich bei der Truppe melden, denn ich bin schon seit einer Woche überfällig. Du kannst meinen Wagen nehmen und die Gewehre. Lebensmittel hast du für lange Zeit — und deine Juwelen. Such dir einen anderen Mann, mit dem du zusammenleben willst. Mir ist es egal.«

Er ging einfach davon, ohne sich noch einmal umzudrehen. Als er vielleicht fünfzig Schritte getan hatte, rief sie:

»Russell? Auf Wiedersehen!«

»Auf Wiedersehen, Darling! Paß auf dich auf!«

Er erreichte die Menschen, die am Anfang der Brücke standen und nach Iowa hinüberschauten. Die Brücke war zerstört, und man konnte über sie nicht mehr das andere Ufer erreichen. Ein Boot würde die einzige Möglichkeit bieten. Einer der Soldaten drüben beobachtete ihn durch einen Feldstecher. Gary winkte ihm zu, aber der Soldat winkte nicht zurück. Gary zuckte mit den Schultern und wandte sich ab.

Er fand einen Mann, der wie ein Fischer aussah. Es konnte auch ein Fährmann sein.

»Gibt es Boote hier?« fragte er ihn.

»Jetzt nicht mehr«, erhielt er zur Antwort.

»Ich muß über den Fluß, zur Armee.«

»Sie sind Soldat?«

»Ja.«

»Keine Möglichkeit«, sagte der Alte und spuckte aus.

»Es muß doch ein Boot aufzutreiben sein.«

»Das letzte ist dort«, entgegnete der Alte und zeigte stromabwärts. »Der Bursche versuchte auch, über den Strom zu gelangen.«

»Welcher Bursche? Was ist mit ihm?«

»Sie haben ihn erschossen.«

»Erschossen? Wer hat ihn erschossen?«

»Die Soldaten auf der andern Seite. Er wollte zu ihnen, genau wie Sie. Vielleicht war er auch Soldat.«

Gary trat einen Schritt zurück und starrte den Alten an.

»Mann, sind Sie denn ganz verrückt geworden?«

»Irgend jemand wird es schon sein«, nickte der Alte. Er suchte in seinen Taschen herum und zog ein rosa Stück Papier hervor. Er reichte es Gary. »Keiner darf über den Fluß. Wir sind verseucht.«

Der Zettel war ein Flugblatt mit einer Verordnung der Militärbehörden, die besagte, daß das gesamte Gebiet östlich des Mississippi strengster Quarantäne unterworfen sei und niemand den Fluß überqueren dürfe. Der Feind habe, so hieß es, atomare Bomben und bakteriologische Kampfstoffe abgeworfen. Unterzeichnet war der Zettel vom General der Sechsten Armee.

»Wo haben Sie den Wisch her?« fragte er den Alten.

»Sie warfen sie aus Hubschraubern ab.«

Gary las den Zettel noch einmal und gab ihn dann zurück. Er sah hinüber zum andern Ufer. Nicht nur auf der Brücke standen Soldaten, es patrouillierten auch welche am Ufer flußauf und flußab.

»Bewachen die denn den ganzen verdammten Fluß?«

Der Alte nickte.

»Es scheint fast so. Wir sind eben verseucht, Mister.«

Gary wandte sich ab und starrte in die Gesichter der Menschen, die sich angesammelt hatten. In ihren Mienen las er Haß und Verzweiflung, Hoffnungslosigkeit und Unsicherheit. Sie standen da und warteten, vielleicht auf ein Wunder.

Gary glaubte nicht an Wunder.

Langsam bahnte er sich einen Weg durch die Menge und ging zu der Stelle zurück, wo er seinen Wagen hatte stehenlassen.

Der Kombi und Irma waren verschwunden.

Er fluchte zornig vor sich hin, daß sie nur so kurze Zeit gewartet und alles mitgenommen hatte, was er zum Leben benötigte: Konserven, Wagen, Waffen und Munition. Mit keinem Gedanken war er sich seiner eigenen Schuld bewußt. Er hätte sich am liebsten aufgemacht, um sie zu suchen. Bestraft hätte er sie dafür, daß sie ihn verlassen hatte.

Dann aber kam ihm ein anderer Gedanke.

Vorsichtig sah er sich um und ging zu dem nächsten Wagen. In einem steckte der Zündschlüssel. Er stieg ein, ließ den Motor an und folgte der Straße, die am Flußufer entlang führte.

Kein Mensch kümmerte sich um ihn, keiner rief ihm nach.

4

Quarantäne und Ansteckungsgefahr.

Nach einer Woche waren diese beiden Begriffe zu einem schrecklichen Fluch geworden, der überall in Form der kleinen roten Flugblätter gegenwärtig war. Zu Tausenden hatte man diese verdammte Anordnung über dem Gebiet östlich des Mississippi abgeworfen, besonders in der unmittelbaren Nähe des Flusses.

Mindestens einmal am Tag hielt Gary an, um sich mit jemand zu unterhalten, der dazu gewillt war. Unter allen Umständen wollte er versuchen, Einzelheiten des heimtückischen Angriffs auf sein Land zu erfahren. Bisher jedoch waren alle Versuche gescheitert. Was er erfuhr, waren nichts als Vermutungen, und die meisten der Befragten hielten die Seuche immer noch für eine Art radioaktiver Strahlung. Gary wußte, daß es anders sein mußte.

Ein einziges Mal nur gelang es ihm, eine Radiostation zu erwischen. Die Stadt Rock Island bat die Nachbarstadt Davenport auf der anderen Seite des Flusses, die verbindende Brücke wieder zu öffnen. Aber Davenport verweigerte das entschieden, obwohl in Rock Island nicht eine einzige Bombe gefallen war. Fremde jedoch, die in die Stadt gekommen waren, hatten die Seuche eingeschleppt.

Atemlos lauschte Gary, ob Einzelheiten über die Seuche erwähnt wurden, und erfuhr, daß man zwei verschiedene Krankheitssymptome beobachtet hatte. Die eine führte zu

Lungenentzündung und brachte unerbittlich den Tod, genau wie die zweite Erscheinung, die Botulismus genannt wurde und eine Vergiftung war. Das allerdings war alles, was Gary erfahren konnte. Die Frage nach den Erregern blieb unbeantwortet.

Nach einer Woche faßte er einen Entschluß.

Vorsichtig alle Krater und Trümmer meidend, suchte er sich einen Weg in das Zentrum der Stadt Bloomington. Der Anblick der Leichen und der Verwesungsgestank trieben ihn immer wieder zurück, aber endlich fand er, was er suchte: die städtische Bibliothek.

Die breiten Glastüren waren zerbrochen, und er konnte ohne weiteres eindringen. Stundenlang suchte er, bis ihm nach vielem vergeblichen Herumblättern ein Werk mit dem Titel »Die biologische Kriegführung« in die Hände fiel. Er suchte sich einen Platz und begann zu lesen.

Zum ersten Male in der Geschichte tauchte der Gedanke der biologischen Kriegführung auf, als man 1914 den Verdacht faßte, feindliche Agenten hätten in Amerika Rinder mit einem Serum geimpft, das eine Seuche unter den Menschen verbreitet hätte, wäre das Fleisch verzehrt worden. Es hatte sich aber wahrscheinlich nur um eine bloße Vermutung gehandelt. Erst im Jahre 1941, während des Zweiten Weltkrieges, hatten die USA mehr als 50 Millionen Dollar dafür ausgegeben, um Mittel und Wege zu finden, eine bakteriologische Kriegführung anzuwenden. Dreitausend Wissenschaftler arbeiteten an dem Problem, dem Tod ein neues Gesicht zu geben. Man interessierte sich damals besonders für eine gewisse Form der Massenvergiftung: Botulismus.

Die Experimente hatten Erfolg, und man konnte das Gift in Form von Kristallen herstellen. Es war so giftig, daß wenige Gramm genügt hätten, mehr als 180 Millionen Menschen umzubringen. Man war damals fast bereit gewesen, dieses Gift über dem Gebiet des Feindes ausstreuen zu lassen. Später prüfte man die Möglichkeit, es mit Fernlenkraketen zu verbreiten.

Gary machte eine Pause und zündete sich eine Zigarette an. Dann las er weiter, und die nächsten Sätze erregten sein besonderes Interesse.

Besonders die Lungenentzündung war ein geeignetes Mittel der bakteriologischen Kriegführung. Sie konnte durch gewisse Mittel zu einer Art Lungenpest gemacht werden, die in 99 von 100 Fällen den Tod herbeiführte. Bereits wenige Stunden nach der Infektion traten die ersten Symptome auf, denen der sofortige Exitus folgte. Das Gesicht verfärbte sich dabei blauviolett.

Gary bemerkte, daß ihm die Zigarette plötzlich nicht mehr schmeckte, und er warf sie in hohem Bogen fort. Aber er las weiter:

»Besonders die USA sind gegen bakteriologische Kriegführung sehr empfindlich, allein wegen ihrer isolierten Lage. Eine Seuche würde sich rasend schnell verbreiten, fände man nicht sofort das Gegenmittel. Noch schlimmer als bei einer Atombombe wäre die Wirkung, und in wenigen Tagen könnte der ganze Kontinent entvölkert sein, würde ein Feind dieses grausame Mittel der Vernichtung anwenden.«

Gary ließ das Buch sinken, und seine Augen starrten ins Leere.

Der Feind hatte es angewendet. Welcher Feind?

Amerika war in zwei Lager geteilt: in den verseuchten und zum Tode verurteilten Osten, und in den noch sauberen Westen. Die Regierung hatte angeordnet, daß die Überlebenden des Seuchengebietes zu sterben hatten, damit ein Teil der Nation gerettet wurde.

Die Strahlen der untergehenden Sonne trafen seine Augen. Er nahm das Buch unter den Arm und suchte den Ausgang. Sein Wagen stand an der Stelle, an der er ihn geparkt hatte. Das Buch legte er auf den Rücksitz, ehe er die Zündung einschaltete und startete.

Er war immun, das stand fest. Allein die letzte Woche hatte

das eindeutig bewiesen. Was also konnte geschehen, wenn er den Fluß überquerte und wieder die Uniform anzog? Hier würden bald die Lebensmittel knapp werden, außerdem waren sie verseucht ...

... aber er hatte gegessen und auch Wasser getrunken.

Der Motor lief, aber Gary wartete immer noch. Er dachte nach und versuchte, das Rätsel seiner Immunität zu lösen. Sicher, er hatte nur Konserven angerührt und nur Flüssigkeiten getrunken, die sich in Flaschen befunden hatten. Aber rasiert hatte er sich doch mit Leitungswasser. Was wäre geschehen, wenn er Leitungswasser getrunken hätte?

Aber einmal gingen auch die Konserven zu Ende, denn es gab noch genug Überlebende im verseuchten Osten der Vereinigten Staaten. Was dann?

Erneut würde die Seuche sich ausbreiten, und der Kampf um das nackte Leben würde mit noch größerer Erbitterung ausgetragen werden. Ein Mann mußte dann entweder sehr schnell reagieren — oder er war tot.

Gary entschloß sich, lieber schnell zu reagieren. Es wurde ihm klar, daß er bereits zu viel Zeit verschwendet hatte. Er fuhr los, hielt noch vor verschiedenen Geschäften, um sich mit dem Nötigsten zu versorgen, dann suchte er die Ausfallstraße.

Kurz dachte er an Irma. Wo mochte sie jetzt sein, nachdem er sie verlassen hatte? War sie auch immun gewesen?

Er fuhr nach Süden und kümmerte sich nicht darum, daß die Nacht angebrochen war. Der weiße Streifen in der Mitte der Fahrbahn genügte, und er fuhr ohne Licht, das nur unnötige Aufmerksamkeit erregt hätte. Einmal erblickte er am Horizont einen blutroten Schein — sicher ein Farmhaus, das von Plünderern heimgesucht worden war.

Erst als der Morgen graute, hielt er kurz an und gönnte sich eine Ruhepause. Er verließ den Wagen und legte sich ins Gras. Die letzten Sterne verblaßten, und es war sehr still. Nur ein vertrautes Geräusch, das langsam näherkam, erregte schließlich seine Aufmerksamkeit, und plötzlich wußte er, was es war: ein Fahrzeug näherte sich ihm. Zwei helle Punkte verrieten die Scheinwerfer.

Mit einigen Sätzen war er bei seinem Wagen und fuhr ihn von der Straße. Dann ließ er die Tür offen und sprang in ein Gebüsch. Sein Fahrzeug mußte jetzt den Eindruck erwecken, als habe sein Besitzer es schon seit langem verlassen.

Der fremde Wagen kam näher. Als der Wagen dicht an seinem Versteck vorbeiraste, vermeinte Gary einen kurzen Schrei zu hören.

Warum hatte der Kerl nur so ein Höllentempo drauf?

Gary kauerte in seinem Versteck und sah den Schlußlichtern nach, bis sie in der Ferne verschwunden waren. Seinen Wagen hatte der Fremde überhaupt nicht beachtet.

Langsam ging er zu seinem Fahrzeug zurück und überlegte, warum der andere wohl so schnell gefahren war. Sein Blick fiel auf seine eigenen Rücklichter, die bei jedem Bremsen aufleuchteten. Ohne zu überlegen, zerschmetterte er sie mit einigen Fußtritten. Er mußte daran denken, wie lange noch die roten Lichter des anderen Wagens zu sehen gewesen waren.

Dann stieg er ein und fuhr weiter in Richtung auf Kentucky. Den Rückspiegel ließ er nicht mehr aus den Augen.

Erst als die Sonne aufgegangen war, fuhr er auf einen holperigen Seitenweg und versuchte, ein wenig zu schlafen.

Die Brücke über den Mississippi war eine der wenigen, die noch nicht gesprengt worden waren. An zweien war er schon vorbeigekommen, aber in ihrer Mitte klaffte jedesmal ein breites Loch, herausgerissen von der Gewalt detonierten Sprengstoffes.

Auf der anderen Seite der intakten Brücke standen Soldaten, wie auch auf den Ufern zu beiden Seiten. Ein schwerer Mannschafts-Kettenpanzer stand quer zur Fahrbahn. Zwei Mann bedienten das schwere Maschinengewehr des Fahrzeuges. Hinter dem Kettenpanzer wartete eine Abteilung darauf, daß etwas geschähe. Gary beschloß, ihnen den Gefallen zu tun.

Er fuhr mit dem Wagen bis dicht an die Brücke heran und stieg aus. Langsam betrat er die Brücke, dabei die beiden Soldaten hinter dem MG nicht aus den Augen lassend. Wenn sich einer von ihnen bewegte, blieb er sofort stehen. Er öffnete die Knöpfe seines Hemdes und zog die Erkennungsmarke hervor, die um seinen Hals hing. Hoch über den Kopf hielt er sie, und sie glitzerte in der Sonne. Gary sah, daß einer der Soldaten etwas nach hinten rief, und kurz darauf erschien ein dritter, der mit einem Feldstecher zu ihm herüberschaute. Nach zwei Minuten etwa kletterte er vom Kettenpanzer und verschwand in Richtung des Ufers.

Da Gary die Dienstgewohnheiten des Militärs kannte, machte er sich auf eine längere Wartezeit gefaßt; aber überraschend schnell erschien der Soldat wieder, diesmal in Begleitung eines Offiziers, der ein weißes Band quer über dem Stahlhelm trug. Beide beobachteten ihn nun durch ihre Gläser.

Er hielt die Erkennungsmarke so, daß man zumindest ihre Form erkennen mußte. Die Gläser würden natürlich nicht scharf genug sein, um auch die Schrift zu entziffern. Er machte einen Schritt nach vorn.

Das aber mußte ein Fehler gewesen sein.

Der Offizier wandte sich an einen der Soldaten, der sofort sein Gewehr hob. Gary ließ sich fallen, erkannte aber, daß der Soldat nur einen Warnschuß abfeuerte, denn das Geschoß zwitscherte über seinen Kopf hinweg.

Gary rappelte sich wieder hoch, nahm die Erkennungsmarke in die Faust und drohte damit dem Offizier. Der reagierte überhaupt nicht.

Langsam und mit hängenden Schultern ging Gary den Weg zurück, den er gekommen war, setzte sich auf die Stoßstange seines Wagens und betrachtete sinnend die Brücke. Der Offizier verschwand nach einer Weile, und zurück blieben nur die

Soldaten und die Besatzung des Kettenfahrzeugs.

Gary formte die Hände zu einem Trichter und rief zu ihnen hinüber:

»Ihr dämlichen Kommißhengste!«

»Gilt das auch für mich?« fragte eine Stimme seitlich von ihm.

Er fuhr herum, wie von der Tarantel gestochen. Nicht weit von ihm entfernt stand ein zerlumpter, unrasierter Soldat gegen den ersten Brückenpfeiler gelehnt und betrachtete ihn lauernd.

»Wo, zum Teufel, kommst du denn her?« fragte Gary.

»Dort, aus dem Feld. Ich habe geschlafen, aber der Schuß weckte mich auf. Unfreundlicher Empfang, was?«

»Ich werde über die Brücke gehen, und wenn ich diesen Idioten einzeln das Genick brechen müßte!«

»Ja, sicher. Ich wollte das auch — vor drei Tagen.«

Gary sah ihn forschend an. Dann sagte er:

»Komm her und setz dich, Kamerad!«

»Auf die Einladung habe ich schon gewartet«, gab der Soldat grinsend zu. »Meist wünscht man heutzutage keine Gesellschaft, und man freut sich über jede Ausnahme.« Er kam herbei und ließ sich neben Gary nieder. »Hast du eine Zigarette?«

Gary gab ihm ein ganzes Päckchen.

»Sie wollen uns nicht hinüber lassen?«

»Selbst einen General nicht, wenn der auf dieser Seite des Flusses wäre. Man hat Angst, wir hätten auch die Seuche. Der Leutnant sagte, es täte ihm leid, aber er hätte seine Befehle.«

»Er hat mit dir gesprochen?«

»Das nicht, ich bin bei der Nachrichtentruppe, und wir verständigten uns mit Flaggensignalen. Zwei Taschentücher — es war eine nette Unterhaltung. Der Leutnant heißt MacSneary, falls ich seine Signale richtig gelesen habe. Mein Name ist übrigens Jay Oliver.«

»Ich heiße Gary. Vor einer Woche war ich noch Corporal. Gibt es keine Möglichkeit, auf die andere Seite zu gelangen?«

»Lebend nicht, das hat mir MacSneary zu verstehen gegeben. Ich sagte ihm, daß ich doch gesund und von keiner Seuche befallen sei. Er antwortete mir darauf, das sei egal. Ich könne sie auch übertragen, ohne daß ich daran stürbe. Die Gefahr der Ansteckung bestünde in jedem Fall.«

»Ich habe da ein Buch im Wagen, da steht allerhand über diese Dinge drin.« Gary zeigte mit dem Daumen auf den Rücksitz des Fahrzeugs. Dabei beobachtete er die Männer hinter dem MG.

»Ein wenig weiß ich davon. Bevor ich eingezogen wurde, war ich Biologielehrer. Ich bin davon überzeugt, daß der Feind keine Invasion beabsichtigte, sonst hätte er nicht das Land für Jahre hinaus verseucht.« Er schwieg und zündete sich eine Zigarette an. »Der gute Leutnant drüben weiß selber nicht recht, was eigentlich passiert ist. Bomber, Ferngeschosse und Agenten, die das Wasser vergiftet haben. Atombomben und Bakterienbomben, dazu noch zwei verschiedene Arten von Bakterien.« Oliver machte eine Bewegung zu dem Land hin, das hinter ihnen lag. »Ich verstehe das nicht ganz. Wozu verwüstet man ein fruchtbares Land? Welchen Zweck hat es?«

»Ich will auf die andere Seite!« sagte Gary entschlossen.

»Sicher, ich will das auch. Bald werden die Lebensmittel knapp.«

»Ich hatte einen genügend großen Vorrat«, erzählte Gary. »Einen guten Wagen, Konserven jede Menge, Waffen — ein Teenager hat mir den ganzen Kram gestohlen und ist damit verschwunden.«

»Ja, diese Halunken lernen schnell.«

»Es war ein Mädchen. Sie behauptete, neunzehn Jahre alt zu sein. Sah aus wie sechzehn und handelte auch so, als sie davonlief. Einmal allerdings, da benahm sie sich wie neunzehn. . .«

Oliver zog genießerisch an seiner Zigarette.

»Ich würde vorschlagen, wir beide tun uns zusammen. Wir organisieren uns einen Lastwagen, laden ihn mit allen Konserven voll, die wir finden, und suchen uns einen sicheren Zufluchtsort.«

Gary betrachtete wieder die Brücke.

»Du meinst, wir sollten nicht . . .?«

»Nein, das ist völlig ausgeschlossen. Ich habe es wirklich versucht, aber es hat keinen Zweck. Wir müssen warten, bis alles vorüber ist, und wir müssen genügend Lebensmittel haben, um durchzuhalten. Und Waffen! Denn wenn einmal der Hunger ausbricht, wird auch geschossen.«

Gary stand auf.

»Ich glaube fast, du hast recht. Gehen wir, ich habe Hunger.«

Sie stiegen in den Wagen und folgten der Straße, die in das verseuchte Land führte. Bald war die Brücke hinter ihnen verschwunden.

Die Soldaten sahen dem Wagen nach, bis er hinter einer Bodenerhebung verschwand. Dann erst sicherte der eine, der den Warnschuß abgefeuert hatte, sein Gewehr.

Um sie herum war die Stille des Todes.

5

Corporal Gary trat die Glut des verlöschenden Feuers aus und bedeckte die Überreste mit Erde. Dabei leckte er sich genießerisch über die Lippen.

»Es war unser letztes Ei!« sagte er lakonisch.

»Schade!« gab Oliver zurück. Er saß knapp zehn Meter von der Lagerstelle entfernt, das Gewehr schußbereit im Arm. »Vielleicht hätten wir die Henne besser doch am Leben gelassen.«

»Du wolltest ja unbedingt gebratenes Huhn.«

»Sie war ein zähes Luder«, sagte Oliver verträumt, »aber es hat prima geschmeckt. Immer nur Eier waren wir ohnehin leid.«

»Ob du das nächste Woche auch noch behauptest?« fragte Gary.

»Eventuell! Es ist schade, daß diese Farmer so sture Böcke sind.«

Gary sah hinab auf seinen Ärmel, der von einer hastig abgefeuerten Kugel zerrissen worden war.

»Ja, noch nicht einmal vor der Armee haben sie Respekt«, beschwerte er sich.

Oliver betrachtete das Gelände nachdenklich.

»Man sollte sich ein wenig mehr nach Süden begeben; es wird schon empfindlich kühl in den Nächten.«

»Einverstanden, wenn ich auch meine, hier sei es sicherer. Aber wenn schon, dann machen wir den Umweg über Knoxville oder Chattanooga. Unsere Vorräte bedürfen einer Auffrischung. Außerdem befindet sich da in der Nähe Fort Oglethorpe. Ich hätte gern eine anständige Maschinenpistole.«

Oliver grinste.

»Hast du eine Ahnung, was die Besatzung der Garnison bis jetzt getrieben haben mag?«

»Whisky getrunken, was sonst? Statten wir ihnen also einen Besuch ab. Was meinst du?«

»Wenn du denkst! Ein großes Risiko ist es nicht.«

Sie standen auf und gingen langsam zu ihrem Fahrzeug, einem schnellen Transporter mit Kastenaufbau.

Der Wagen war olivgrün lackiert und hatte sich als eine glückliche Wahl erwiesen. Früher hatte er einer Bank als gepanzerter Geldtransporter gedient und bot außerordentlichen Schutz gegen jegliche Überfälle. Sowohl ihre Vorräte im Laderaum wie sie selbst in der Fahrerkabine waren durch Stahl und Panzerglas von der Außenwelt getrennt. Die Federung ließ zwar zu wünschen übrig, aber Sicherheit stand höher im

Kurs als Bequemlichkeit.

Die Zeit verging, und einmal jeden Monat suchten sie jene Brücke über den Mississippi auf, um festzustellen, ob die Quarantäne schon aufgehoben war. Leutnant MacSneary hatte seine Meinung nicht geändert und verweigerte ihnen die Überquerung des Flusses. Oliver hatte daraufhin die Wut gepackt und nach dem zweiten vergeblichen Versuch mit Hilfe zweier Stoffetzen einen kurzen Satz zur anderen Seite signalisiert, der sich mit der intimen Berührung eines wichtigen Körperteils befaßte.

Der Offizier hatte ihnen stumm den Rücken zugewandt.

Als sie die Brücke ein weiteres Mal aufsuchten, hatte sich hier einiges verändert. Mehr als hundert Leichen bedeckten die Fahrbahn zur Brücke. Wahrscheinlich hatte ein verzweifelter Versuch stattgefunden, das andere Ufer durch Überrennen der Soldaten zu erreichen.

Das Maschinengewehr war schneller gewesen.

Da gaben sie es auf. Und als der nächste Brückenbesuch fällig war, dachte keiner der beiden Männer daran, den andern an die Fahrt zum Mississippi zu erinnern. In stummer Übereinstimmung hatten sie eingesehen, daß das nur nutzlose Kraftvergeudung wäre.

So blieben sie in den Bergen und lagerten unter den mit jedem Tag gelber werdenden Blättern der Bäume. Der Herbst hatte sich angemeldet, und nachts wurde es bereits empfindlich kalt. Morgens lag Rauhreif auf den Wiesen.

Ab und zu überfielen sie eine einsame Farm, holten sich, was sie zum Leben benötigten, und zogen sich wieder in ihr Versteck zurück.

So vergingen drei Monate.

Gary trat prüfend gegen die Reifen, nachdem er das Wasser im Kühler aufgefüllt hatte. Der Treibstofftank war fast leer. Wenige Meter entfernt stieß Oliver ein warnendes Zischen aus.

Sofort griff Gary nach seinem bereitstehenden Gewehr, ließ sich ins Gras gleiten und robbte ein wenig von dem Fahrzeug weg. Hinter einem Baumstumpf blieb er liegen und schaute dann zu Oliver hin.

Oliver zeigte stumm nach Westen.

Eine Frau kam den Weg entlang. Sie machte keinen Versuch, sich im Schutz der Büsche und Bäume zu bewegen. Als sie näher kam, bemerkte Gary, daß es noch ein junges Mädchen war, das ein zerschlissenes, einfaches Kleid trug. Er blieb liegen, so daß sie ihn nicht sehen konnte.

Sie erschrak nicht, als sie Oliver erblickte, sondern sagte nur, mit einem Seitenblick auf das Gewehr:

»Hallo!«

Oliver nickte ihr zu und vergewisserte sich, daß ihr niemand folgte.

»Hallo!« erwiderte er. »Wo kommst du her?«

»Aus dem Tal. Ich sah den Rauch des Feuers, schon gestern.«

Oliver gab keine Antwort, sondern sah in Richtung des Lagerplatzes. Daran hatte er nicht gedacht.

»Ihr solltet trockenes Holz nehmen.«

»Ich verstehe nichts von Holz«, gab er zu.

»Dann werde ich es dir zeigen.«

Oliver betrachtete sie nachdenklich.

»Warum bist du hierher gekommen?«

»Ich habe Hunger.«

Oliver nickte langsam und sagte dann:

»Ein Tauschgeschäft?«

»Ja«, senkte sie den Kopf. »Natürlich, was sonst?«

Er richtete sich noch mehr auf und suchte die Gegend mit scharfen Blicken ab. Er konnte niemanden entdecken.

»Woher soll ich wissen, daß du allein bist?«

»Ich bin allein!« sagte sie energisch. »Ich habe nur schrecklichen Hunger. Der andere Mann kann solange auf mich aufpassen.«

»Welcher andere Mann?« Oliver tat verwundert.

Sie machte eine vage Geste in Richtung auf Garys Versteck.

»Ich sah ihn aus dem Wagen springen.«

Oliver lachte und setzte sich wieder auf den Stein.

»Komm raus, Gary, sie hat dich gesehen. Ein tüchtiges Mädchen.«

»Vielleicht können wir sie brauchen«, schlug Gary vor, während er aufstand und zu dem Mädchen trat. »Bist du ganz allein? Wo sind deine Angehörigen?«

»Alle tot. Es scheint überhaupt keiner mehr zu leben. Alle, die in die Stadt gingen, um dort etwas zu erfahren, kehrten zurück und starben bald darauf. Es ist, als sei die Welt untergegangen.«

»Für uns und für dich ist es das Ende der Welt«, bestätigte Oliver und nickte. »Jenseits des Mississippi aber geht das Leben weiter. — Wie heißt du denn?«

»Sally.«

»Dann willkommen, Sally!« Oliver erhob sich und winkte Gary zu. »Übernimm du die Wache, ich werde ihr etwas zu essen machen.«

So stieß Sally zu ihnen und blieb. Sie aß alles, was Oliver ihr vorsetzte, und ließ sich regelrecht von ihm füttern. Dabei betrachtete sie ihn mit einem gewissen Interesse, das von Gary mit einem versteckten Grinsen registriert wurde.

Als Oliver dann endlich das Lagerfeuer löschte, alles im Wagen verstaute und die Tür des Laderaums abschloß, um dann auf dem Fahrersitz Platz zu nehmen, nahm er staunend zur Kenntnis, daß Sally einstieg und sich einfach neben ihn setzte. Sie rückte recht eng heran, um Platz für Gary zu machen, der immer noch Wache hielt.

Oliver sagte nichts, sondern hupte einmal kurz.

Gary kam und stellte seinen Fuß auf das Trittbrett, um in die Fahrerkabine zu klettern. Mitten in der Bewegung hielt er inne und starrte wortlos auf das Mädchen.

»Will sie mitkommen?« fragte er nach einer Weile endlich.

»Sieht ganz so aus«, grinste Oliver und konnte seine Zufriedenheit nicht ganz verbergen.

»Mit dir?« fragte Gary ohne besondere Betonung.

»Mit uns!« stellte Oliver richtig. »Bisher haben wir alles geteilt, sowohl Freud wie Leid. Warum nicht auch die Sorge um Sally?«

Gary zögerte keine Sekunde mehr. Er stieg ein und schlug die Tür hinter sich zu.

»Es soll mir recht sein«, sagte er und stellte das Gewehr zwischen die Knie.

Oliver setzte den Wagen in Bewegung, und bald kamen sie auf die Straße, die aus den Bergen heraus in die ebenen Weiten von Georgia und Alabama führte. Am Himmel zogen Wolken dahin.

Nach einer Weile brach Oliver das Schweigen.

»Der Corporal und ich sind Partner.«

Das Mädchen sah ihn erstaunt an, doch er verstand es falsch.

»Ich meine Gary, er ist Corporal.«

»Soldat?« Sally zeigte einiges Interesse.

»Wir sind beide Soldaten. Wir teilen alles.«

Sie sah ihn forschend an, und der Wagen rumpelte weiter über die nicht besonders gute Straße.

»Ich habe dich sehr gern«, sagte Sally plötzlich zu Oliver.

Er warf ihr einen kurzen Blick zu und lächelte.

»Danke, Sally«, erklärte er ihr. »Ich habe dich auch gern. Aber das kann nichts an der Abmachung zwischen mir und Gary ändern: alles wird geteilt.«

Sally dachte über die Worte nach.

»Du willst, daß ich zu euch beiden nett bin?«

»Ganz recht«, nickte Oliver. »Oder zu keinem!«

Und wieder kehrte das Schweigen zurück. Nur das gleichmäßige Brummen des Motors unterbrach die Stille, und es hatte etwas Beruhigendes an sich.

Das Mädchen betrachtete unablässig den links neben ihr

sitzenden Oliver und studierte sein Gesicht, als erhoffe sie sich davon eine Antwort auf ihre vielen Fragen. Mehr als einmal begegneten sich ihre Blicke, und Gary widmete sich eifrig dem Studium der Landschaft und täuschte äußerste Wachsamkeit vor.

Das Fahrzeug holperte durch eine namenlose Stadt, die restlos verlassen schien. Alle Geschäfte waren geplündert, und sie fanden nichts mehr, was sie hätten brauchen können. Endlich verschwanden die letzten Häuser hinter ihnen, und vor ihnen war wieder die Straße.

»All right«, sagte das Mädchen plötzlich, als habe sie einen Entschluß gefaßt. »Ich werde nett zu beiden sein.«

»Das freut mich zu hören«, sagte Oliver. »Seien wir alle drei Partner.«

»Aber ich habe dich doch lieber!« fügte Sally sehr schnell und überraschend hinzu.

Immerhin dauerte es etliche Tage, bis sie das Land durchquert hatten und den Golf von Mexiko erreichten. Sie vermieden es, Städte oder größere Ansiedlungen zu berühren und benutzten sehr oft schlechte und mit Schlaglöchern übersäte Landstraßen. Mehr als einmal begegneten sie anderen Fahrzeugen oder wurden von solchen überholt; aber man hielt weder an, noch tauschte man Neuigkeiten aus. Jeder saß voll Mißtrauen in seinem Wagen, die Waffen schußbereit. Die Zeit der krankhaften Neugier war scheinbar vorbei.

Sally konnte ihre Überraschung nicht verbergen, als sie endlich die Küste und das Meer erblickte. Auch ohne Worte erkannten die beiden Männer, daß das Mädchen noch niemals zuvor den Anblick des Ozeans erlebt hatte. Die Straße paßte sich der Küste an und verlief parallel zu ihr.

Das Trio verbrachte die hier warmen Wintermonate auf einer schmalen Halbinsel, die weit in eine kleine Bucht hinausragte. Es war keine Halbinsel in gewöhnlichem Sinne, sondern eine Insel, die mit dem Festland nur durch eine Holzbrücke verbunden war. Anzeichen, daß sie früher einmal bewohnt gewesen war, gab es nicht; außer einem kleinen Bootshaus nahe am Ufer stand kein Gebäude auf der sandigen Insel. Sie rissen die Planken von der Brücke, damit ihnen kein Fahrzeug folgen konnte, und richteten sich in dem Bootshaus ein. Der Wagen wurde hinter dem Haus geparkt, so daß man ihn vom Festland aus nicht sehen konnte. Einen Teil der Vorräte schleppten sie ins Haus.

Es dauerte mehrere Wochen, bis sie ihre Gewohnheit aufgaben, ständig Wache zu halten. Zwar hörten sie ab und zu das Geräusch eines auf dem Festland vorbeifahrenden Autos, aber niemals hielt jemand an oder kam gar auf die Insel. Das Gefühl der ständigen Bedrohung wich dem Bewußtsein halbwegs vorhandener Sicherheit.

Die Hütte enthielt einen gemauerten Herd und eine Schlafstelle, die ohne viel Aufhebens Sally überlassen wurde. Die Männer schliefen auf der Erde oder manchmal, wenn es besonders warm war, draußen auf dem sandigen Strand.

Sally hielt sich an die Abmachung der Partnerschaft, aber mit der Zeit konnte sie ihre größere Zuneigung zu Oliver nicht mehr verbergen.

Trotzdem verging die Zeit, und sie blieben Freunde — und Partner.

Die Männer saßen am Strand und angelten.

»Dieser Leutnant ...« begann Oliver und warf die Angel aus.

»Was ist mit ihm?« fragte Gary, als Oliver schwieg.

»Ob er immer noch seine Brücke bewacht wie damals?«

»Und wenn schon! Mich interessiert die Brücke nicht mehr.«

»Eine verdammte Situation, in der er sich befindet«, beharrte Oliver auf dem angeschnittenen Thema. »Ich möchte nicht in seiner Haut stecken. Nur einmal angenommen, er besäße Familie, und die befände sich auf dieser Seite des

Mississippi. Was würdest du an seiner Stelle tun?«

»Wie soll ich das wissen? Vielleicht zu ihr gehen; jedenfalls würde ich nicht auf sie schießen, wenn sie auf die andere Seite kommen wollte.«

Oliver betrachtete sinnend den abgefressenen Köder.

»Du möchtest aber doch auch nicht, daß die Seuche den anderen noch gesunden Teil des Landes befiele? Hätten wir versucht, über die Brücke zu gelangen, dann hätte er auf uns geschossen, weil sein Befehl es ihm vorschrieb. Was aber hätte er wohl getan, wenn kein Befehl vorgelegen hätte? Hätte er dann auch auf mich, dich oder seine Frau geschossen? Was sagte sein Gewissen dazu, wenn er auf Befehl seine Frau zu erschießen hätte?«

»Unsinn! Solche Offiziere haben kein Gewissen.«

»Sie haben es schon, aber sie verbergen die Tatsache, daß sie eins haben.«

»Na, und wenn schon«, sagte Gary mit wegwerfender Gebärde, drehte sich ein wenig um und nahm Sally in den Arm, die zwischen den beiden Männern saß. »Ich komme mir vor, als erlebte ich einen herrlichen Urlaub in Florida.«

»Es geht mir ähnlich«, murmelte Oliver geistesabwesend. Er war mit seinen Gedanken immer noch bei dem Offizier. »Ich möchte nur wissen, ob er das ein ganzes Jahr aushält — da auf der Brücke zu stehen und jeden abzuschießen, der zu ihm hinüber will.«

Gary sah ihn erschrocken an.

»Du meinst, es könnte ein ganzes Jahr dauern?«

»Warum nicht? Es ist sogar wahrscheinlich. Sie werden uns so lange isoliert halten, bis keine Zweifel mehr darüber bestehen, daß wir gesund sind. Das kann lange dauern. Wenn ich drüben irgendwo im Hauptquartier säße, würde ich von Zeit zu Zeit Patrouillen ins verseuchte Gebiet entsenden, um Proben zu holen.«

»Wozu denn das?« wunderte sich Gary.

»Erdproben, Wasser, Getreide, vielleicht auch Vieh, wenn

noch welches existiert. Sogar die Farbe der Häuser würde ich untersuchen lassen.«

»Hört sich an, als wüßtest du Bescheid.«

»Tu ich auch. Ich würde so lange das Seuchengebiet untersuchen lassen, bis keine Gefahr mehr besteht. Dann müßten nur noch die Seuchenträger unschädlich gemacht werden.«

»Die Seuchenträger?« Unwillkürlich ließ Gary das Mädchen los. »Leute wie wir, das meinst du doch?«

»Ja, die meine ich. Wir sind zwar selbst immun, aber wir tragen den Tod in uns. Vielleicht töten wir schon durch bloßes Anhauchen.«

»Soll uns doch der Teufel holen!« fluchte Gary. »Was sollen wir denn noch tun? Wollen wir über die Brücke, schießen sie uns ab wie tolle Hunde. Bleiben wir hier und leben noch, wenn alles vorbei ist, töten sie uns auch. Was ist nur aus uns allen geworden?«

Sally rückte ein wenig mehr zu Oliver hin.

»Vielleicht sehen wir auch zu schwarz«, dämpfte Oliver die Erregung seines Freundes. »Viel zuviel hängt davon ab, ob sie ein Gegenmittel finden, das gegen die Seuche wirkt. Davon allein wird es abhängen, wann sie die Brücken öffnen und ob sie uns am Leben lassen. Gibt es ein Serum, dann wird man uns heilen, und wir werden dabei sein, wenn es wieder aufwärts geht. Finden sie dieses Serum nicht — ab zum Teufel mit uns! Wir würden ihnen nur im Weg sein.«

»Prima!« sagte Gary und betrachtete den Schwimmer an der Angel.

»Die Medizin vermag vieles«, fuhr Oliver mit seinen Betrachtungen fort. Er schien sich nicht die geringsten Sorgen um seine Zukunft zu machen. »Früher hat man auch gedacht, das Land wäre für Tausende von Jahren unbewohnbar, wenn eine Atombombe darüber gezündet wurde. Dabei kann man schon jetzt wieder die Gebiete betreten, wo so etwas passierte. Die Zeiten ändern sich, Gary. Als ich noch auf der Schule war, hätte man auch unser jetziges Dreiecksverhältnis kaum als gesunde Partnerschaft anerkannt. Wir machen uns unsere eigenen Gesetze.«

Zum erstenmal griff Sally in die Debatte ein.

»Ob wir leben werden — später?« fragte sie ängstlich.

»Das hängt nur davon ab, ob sie ein Mittel finden, Sally.«

»Und was wäre mit den Männern, die herüberkamen, um Proben zu entnehmen?« erkundigte sich Gary und vergaß seine Angel.

»Man könnte Schutzanzüge anlegen und diese bei der Rückkehr verbrennen. Zu machen wäre es jedenfalls. In regelmäßigen Abständen derartige Patrouillen, und man würde das Ende der Gefahr genau bestimmen können —, falls sie jemals ein Ende nimmt.«

Oliver schwieg, und sie widmeten sich wieder ganz der Beschäftigung des Angelns, aber sie hatten wenig Glück damit. In der Ferne fuhr ein Auto vorbei, das erste seit vielen Wochen. Gary betrachtete seinen Freund und Sally, die neben ihm saß.

»Manchmal meine ich, daß ich einen Weg gefunden hätte, wie man am besten über die Brücke gelangen kann.«

»So?« fragte Oliver.

»Ja, der Gedanke kam mir schon vor längerer Zeit. Du entsinnst dich vielleicht der kleinen roten Bojen gleich hinter der Brücke? Sie sind an einem Seil verankert, das von Ufer zu Ufer führt. Man könnte sich eine Taucherausrüstung besorgen und dann auf dem Grund des Flusses zum andern Ufer hinüberkriechen.«

Oliver gab keine Antwort, sondern betrachtete die ruhige See.

»Ich jedenfalls könnte so auf die andere Seite kommen!« wiederholte Gary mit Nachdruck.

»Angenommen«, sagte Oliver endlich, »es gelänge dir, auf die andere Seite zu kommen, wie wolltest du verhüten, daß man dich drüben erwischt und erschießt?«

»Ich denke, man könnte sehr schnell untertauchen.«

»Du könntest niemals untertauchen, begreifst du das denn nicht? Ein Blinder würde deiner Spur folgen.«

»Unsinn, ich bin doch immun.«

»Immunität ist etwas ganz anderes, als du dir darunter vorstellst. Jedenfalls sind die Menschen auf der andern Seite des Flusses nicht immun! Deine eigene Immunität schützt sie nicht davor, sterben zu müssen, nur weil du an ihnen vorbeigegangen bist. Wenn du auf die andere Seite gehst, Gary, bringst du Tod und Verderben unter die dortige Bevölkerung. Es fängt alles noch einmal von vorn an.«

»All right!« seufzte Gary. »Vergiß, was ich gesagt habe. Denk nicht mehr daran! Und jetzt hören wir auf, die beißen heute doch nicht an.«

»Einen Augenblick noch.« Oliver schüttelte den Kopf. »Ich möchte erst wissen, was das da draußen ist.« Er beschattete seine Augen mit der rechten Hand und blickte hinaus auf die See. »Ich meine, ich hätte dort etwas gesehen.«

Gary sagte nichts.

»Ja, ein Segel!« sagte Sally, die gute Augen zu haben schien.

»Siehst du es auch?« fragte Oliver. »Ich beobachtete es schon die ganze Zeit, war mir aber nicht sicher. Es muß ein Boot sein, das an der Küste entlang segelt.«

Gary sah es noch immer nicht. Er gab es auf und betrachtete nachdenklich Sallys nackte Beine, die von dem klaren Wasser umspült wurden.

»Na gut«, sagte Oliver nach einiger Zeit. »Gehen wir, ich habe Hunger.«

Als sie annahmen, es müsse Weihnachten sein, feierten sie diesen Tag auf ihre Weise. Sie gingen schwimmen und lagen dann den ganzen Nachmittag faul in der Sonne. Oliver hatte Sally eine kleine Kette aus geschnitzten Holzstückchen geschenkt. Das Mädchen lag zwischen ihnen und ließ sich in der Sonne braten. Gary betrachtete sie und stellte fest, daß sie an

Gewicht zugenommen hatte. Ihm erging es nicht besser.

Gegen Mitternacht stand auch Gary auf, nachdem Oliver schon lange mit Sally in die Hütte gegangen war. Er trat in den dunklen Raum und ahmte das Geräusch einer aufsteigenden Feuerwerksrakete nach:

»Huuuiii — bäng!«

»Mach, daß du verschwindest!« kam Olivers Stimme wütend aus dem Dunkel.

Gary lachte und machte die Tür von außen zu.

Eine genaue Zeitrechnung besaßen sie nicht, aber unbewußt warteten sie alle drei auf den Sommer.

Es mochte Ende Januar oder Anfang Februar sein, als sie die letzten Lebensmittel aus dem Wagen holten und in der Hütte verstauten. Wenn der Frühling kam, mußten sie sich um neue Vorräte kümmern, aber bis dahin war noch Zeit. Nachdem sie die Arbeit beendet hatten, nahm Oliver Gary beim Ärmel und zog ihn ein wenig von der Hütte fort. Schweigend schritten sie am Strand entlang, bis sie weit genug entfernt waren.

»Nun red schon!« forderte Gary seinen Freund auf. »Die ganzen Tage schleppst du etwas mit dir herum; ich habe das schon bemerkt.«

»Es ist ein wenig kompliziert«, gab Oliver zu und suchte nach Worten. Hilflos betrachtete er die kleinen Wellen, die gegen den sandigen Strand spülten.

»Das ist die erste Gelegenheit, bei der ich dich so sehe«, grinste Gary. »Du bist doch sonst nie um ein Wort verlegen. Teilen wir nicht alles miteinander, und sollten wir nicht Vertrauen zueinander haben? Wir sind doch Partner, oder nicht? Fifty-fifty!«

»Das ist es ja eben, Gary. Unsere Partnerschaft . . .«

»Willst du sie aufgeben?«

»Nimmst du das von mir an?«

»Ich muß es, so wie du redest.«

Oliver sah ihn fest an.

»Es stimmt auch. Sally meint, es wäre besser so.«

»Sally?«

Oliver gab sich einen sichtlichen Ruck.

»Einer von uns beiden wird Vater, Gary . . .«

Gary betrachtete plötzlich ebenfalls den Strand voller Interesse. Er hatte sich etwas Ähnliches schon lange gedacht, aber trotzdem nicht damit gerechnet.

»Also einer von uns?« sagte er und sah nicht besonders geistreich dabei aus. »Was werden wir nun tun, wenn es soweit ist? Uns gegenseitig beglückwünschen?«

»Ich weiß es nicht«, gab Oliver verzweifelt zu. »In einer solchen Lage bin ich noch niemals zuvor gewesen. Ich weiß wirklich nicht, wer von uns der Vater ist.«

Auf Garys Lippen zeigte sich das erste Anzeichen eines Grinsens. Aber Oliver winkte heftig ab.

»Ich will nicht, daß du das Ganze als einen Witz auffaßt. Wir müssen unsere Partnerschaft beenden, und du mußt sofort aufhören . . .«

»Was muß ich?« sagte Gary und blieb stehen.

»Corporal!« entgegnete Oliver und legte seine Hand auf die Schulter des andern. »Ich will der Vater sein, und Sally möchte das auch. Sie liebt mich. Was soll denn das Kind später von uns denken?«

Gary betrachtete seinen Partner für lange Sekunden, ehe er mit leichtem Stirnrunzeln aufs Meer hinausschaute.

»Schon gut, Oliver. Ich denke, wir verstehen uns.«

Oliver gab sich keine Mühe, seine Erleichterung zu verbergen. Er drückte Gary die Hand, und in seinen Augen war ein freudiges Aufleuchten, als er sagte:

»Danke, Corporal! Ich habe mit Sally lange darüber gesprochen, aber wir fanden keinen Ausweg. Sie fürchtete, wir würden uns zerstreiten. Ich werde sofort zu ihr gehen und sie beruhigen.« Er wandte sich zum Gehen und drehte sich noch einmal um. »Und wenn du im nächsten Winter wieder einmal in diese Gegend kommst, besuche uns. Du willst doch sicher das Kind sehen?«

»Kommt auf die Umstände an«, gab Gary zurück.

Keine acht Tage später verließ Gary die Insel.

Obwohl die beiden Männer und auch Sally versuchten, nach außen hin das alte Verhältnis vorzutäuschen, wußte doch jeder, daß es nichts als Fassade war. Innerlich wuchs die versteckte Spannung, und es wäre früher oder später zu einer Entladung gekommen.

Gary steckte sich die Taschen voll Munition und hängte sich den einen mit Lebensmitteln gefüllten Sack über die Schulter. Als Waffen wählte er einen Revolver und ein Gewehr. Er schüttelte Oliver kräftig die Hand und warf Sally einen Handkuß zu, ehe er sich in Bewegung setzte.

»Wohin wirst du gehen?« fragte Oliver noch.

»Vielleicht zum Fluß«, gab Gary zurück. »Ich will es mal am Oberlauf versuchen.«

»Nicht tauchen?«

»Wahrscheinlich nicht. — Halt die Augen offen, Oliver!«

»Mache ich. Dir rate ich das gleiche, Corporal!«

Gary nickte noch einmal, wandte den beiden dann den Rücken zu und begann, über die verbliebenen Reste der Brücke zum Festland zu klettern. Dort angelangt, rückte er den Lebensmittelsack in eine bequemere Position und schritt dann mit weit ausholenden Schritten auf den fernen Highway zu.

Für einen kurzen Augenblick tauchte Sally in seinem Gedächtnis auf — es war eine sehr schöne und erfreuliche Erinnerung. Aber er sah sich nicht mehr um.

Eine Partnerschaft war zu Ende gegangen.

6

Tief im Schatten versteckt, kauerte Gary am Flußufer und wartete auf das trockene Krachen des Karabinerschusses. Die alte Frau mußte verrückt gewesen sein, wenn sie glaubte, heimlich über die Brücke schleichen zu können — verrückt oder vom Hunger zur Verzweiflung getrieben. Wie konnte die Dunkelheit der Nacht sie verbergen, wenn die Soldaten auf der anderen Seite des Flusses mit Infrarotscheinwerfern und Gewehren mit Zielfernrohren ausgerüstet waren?

Auf einer Länge von rund tausend Kilometer war dies hier die einzige noch existierende Brücke über den Mississippi.

Irgendwo im Dunkel krachte der erwartete Schuß.

Gary rührte sich nicht. Er wußte genau, was jetzt geschehen würde. Ein Soldat in weißem Strahlungs-Schutzanzug würde auf die Brücke hinausgehen und den Körper des Opfers mit dem Fuß anstoßen. Lebte es noch, dann würde ein zweiter Schuß fallen. Anschließend würde er die Leiche über das Geländer in den Fluß werfen.

Gary hörte das Aufklatschen nur undeutlich.

Langsam kroch er die Uferböschung hinauf und zog sich in die kleine Bodensenke zurück, in der er gelegen hatte, als die Frau vorbeigekommen war. Aus purer Neugier war er ihr gefolgt. Hätte sie Lebensmittel bei sich getragen, er würde sie ihr abgenommen haben. Die Alten und daher Hilflosen verloren ihre Vorräte stets an die Jüngeren und Kräftigeren.

Nun lag er in der Mulde auf dem Rücken und betrachtete den bewölkten, mondlosen Himmel. Die Nacht war heiß und stickig, eine typische Sommernacht in Illinois, am Ufer des Mississippi. Vielleicht würde es bald regnen.

Es war gleichgültig, wie alles gleichgültig war, was nicht unmittelbar mit dem Problem zusammenhing, Nahrung und Trinkbares zu beschaffen, ohne sich unnötig in Gefahr zu begeben. Er mußte am Leben und gesund bleiben, bis die Quarantäne aufgehoben wurde.

Die Armee schuldete ihm mehr als einen Jahressold. Irgendwann in den vergangenen Wochen war er einunddreißig Jahre alt geworden, und er entsann sich jenes Tages, da er aus dem Rausch aufwachte und feststellen mußte, daß er sich auf der falschen Seite des Mississippi befand. Wie gut hätte er auch auf der anderen Seite sein können, vielleicht sogar bei der Brückenwache. Aber nein, er war in einer verlassenen Stadt aufgewacht, in der nur er noch lebte.

Nein, noch jemand hatte dort gelebt — ein Mädchen, das Juweliere ausplünderte. Wie hieß sie nur? Sally? Nein, Sally war das Mädchen, das sich für Oliver entschieden hatte. Oder Bea? Nein, das war ja noch später gewesen, unten in New Orleans, bevor er nach Norden gezogen war.

Ein Geräusch ließ ihn zusammenzucken.

Gary rollte sich auf den Bauch und schob das Gewehr vor. Er legte den Zipfel seiner Jacke über das Schloß, ehe er die Waffe entsicherte.

Ganz still war es in der schwülen Nacht, und kein Laut verriet ihm die Anwesenheit eines anderen Menschen. Irgendwo in der Nähe zirpten unentwegt Heuschrecken. Aber jetzt kam das Geräusch wieder. Es war zwischen ihm und dem Fluß. Langsam richtete er den Lauf des Gewehrs in die ungefähre Richtung.

Plötzlich sah er eine Bewegung gegen den fast schwarzen Himmel. Drei Gestalten waren es, die auf die Brücke zuschritten, um sich in der Nähe des Ufers zu Boden sinken zu lassen.

Gary atmete auf, denn er wußte nun, mit wem er es zu tun hatte. Leichenfledderer, mehr nicht. Der Schuß hatte sie angelockt, und sie waren gekommen, um die Leiche aus dem Fluß zu ziehen. Wenn schon keine Lebensmittel mehr gefunden wurden, so hatte man doch wenigstens Aussichten darauf, Kleidung zu erbeuten.

Gary sah sie verschwinden und atmete erleichtert auf.

Auf seinem langen Weg aus dem Süden nach Norden herauf hatte er viele Methoden des Überlebens kennengelernt.

Banden schlossen sich zusammen und überfielen einsame Farmen und manches Mal sogar ganze Siedlungen. Einmal hatte er ein kärgliches Nachtmahl mit einem Neger geteilt, der ihn vor den Mordbanden des Nordens warnte, und in der gleichen Nacht hatte er versucht, Gary im Schlaf zu erstechen. Aber Gary hatte auch Frauen und Kinder gesehen, die mit kleinen Beuteln versehen über die Felder streiften, um die Heuschrekken einzusammeln. Jeder versuchte eben auf seine Weise am Leben zu bleiben.

In den Bergen von Kentucky-Tennessee war er auf sechs Soldaten gestoßen, die ebenfalls auf der falschen Seite des Flusses geblieben waren. Ihr Anführer, ein einfacher Dienstgrad, ersetzte durch ungewöhnliche Muskelfülle seinen fehlenden Rang. Er lud Gary ein, bei ihm zu bleiben.

Gary lehnte ab.

»Das wäre mir zu gefährlich, denn ich hörte euch schon, als ihr noch drei Kilometer entfernt wart. Sechs Mann sind leichter zu ernähren als sieben.«

»Wie du willst, Kamerad«, meinte der andere und betrachtete den gutgenährten Gary. »Wo hast du überwintert?«

»In Texas«, sagte Gary bereitwillig. »Da gibt es noch eine Menge Vieh.«

»Danke, ich werde daran denken. He — Texas? Das liegt doch auf der anderen Seite des Flusses!«

»Nun, es kann auch Arkansas gewesen sein; Geographie war immer schon meine Schwäche.«

»So? Nun, ich gebe dir einen Rat: laß dich nicht noch einmal von uns erwischen. Das zweitemal ziehen wir dich aus.«

»Bevor ihr mich seht, habe ich euch schon lange gehört, Freund. Wenn ich dir einen Rat geben kann: gib die Führung ab und überlaß sie einem, der an der Front war. Dann lebt ihr länger.«

Er wartete, bis sie aufbrachen und den fernen Hügeln zustrebten.

Der letzte in der Gruppe drehte sich noch einmal um und

winkte Gary zu. Dann war er wieder allein. Er wußte eigentlich nicht recht, was er wollte, aber er interessierte sich dafür, ob die Bewachung der Quarantänegrenze im Norden genauso streng war wie im Süden.

So lag er jetzt in seiner Bodenmulde, das Gewehr mit dem Lauf auf dem ausgestreckten Arm ruhend. Ein bemerkenswerter Stoppelbart zierte sein Angesicht und trug sicherlich nicht dazu bei, sein Aussehen vertrauenerweckender zu gestalten.

Wie lange noch würden sie die Quarantäne aufrechterhalten? Bisher war er niemals Patrouillen begegnet, die von drüben kamen, um den Boden nach Bakterien zu untersuchen, wie Oliver das vermutet hatte. Soweit er die Lage zu überblikken vermochte, war in dieser Hinsicht bisher überhaupt nichts unternommen worden. Die Brücken blieben gesperrt, und der Versuch, auf die andere Seite des Flusses zu gelangen, wurde mit dem Tode bestraft. Ab und zu zog ein einsames Flugzeug hoch im Himmel seine Kreise, aber es machte niemals den Versuch zu landen. Vielleicht fotografierte man das verseuchte Land, die zerstörten Städte und die wenigen Menschen, die im Freien standen und hinaufstarrten.

So war mehr als ein Jahr vergangen, seit jenem schrecklichen Tag, da Amerika in zwei Hälften geteilt worden war. Mit Tagen oder höchstens Wochen hatte er damals gerechnet, Oliver sogar sehr pessimistisch mit einem oder zwei Monaten. Und nun waren es dreizehn oder vierzehn Monate geworden.

Die ersten schweren Regentropfen lösten sich aus den Wolken und fielen zur Erde. Lange würde es nicht dauern, und er wäre durchnäßt bis auf die Haut. So stand er auf und ging langsam auf das Ufer zu. Dort wuchsen einige Bäume, und überhängende Bodenformationen boten Schutz gegen den Regen. Mit dem Kommen des Regens war auch sein Mut gesunken. Nichts ist unangenehmer, als nachts von einem Unwetter überrascht zu werden und zu wissen, daß man kein Obdach hat.

7

Mit Schweißtropfen auf der Stirn wartete Gary. Er wußte, daß sie dicht hinter ihm waren und sich ständig näherten. Reglos hockte er auf seinem Bündel und lauschte auf die spärlichen Geräusche, die das Anschleichen seiner Verfolger verrieten. Drei mußten es sein, denn er hatte sie vor dem Unwetter zum Fluß gehen sehen. Und drei gegen einen — das war immer sehr ungünstig, besonders dann, wenn man die gegenseitige Bewaffnung nicht kannte.

»Beweg dich nicht!«

Unwillkürlich zuckte Gary zusammen, aber dann saß er wieder reglos und wartete darauf, daß der Mann sich zeigte. Obwohl er darauf gefaßt gewesen war, so war er nun doch erschrocken. Die fremde Stimme konnte die Nervosität ihres Besitzers nicht verbergen, wenngleich dieser bestimmt den Lauf einer Waffe auf seinen Rücken gerichtet hatte. Hinzu kam, daß er sich auf zwei Bundesgenossen verlassen konnte.

»Wirf das Gewehr fort!«

Gary legte das Gewehr sehr vorsichtig neben sich auf die Erde. Drei Männer mußten es sein, die sich an ihn herangeschlichen hatten. Jene drei Leichenfledderer, die er vor einiger Zeit zum Fluß hatte schleichen sehen, nachdem die Soldaten die alte Frau erschossen hatten.

»Und jetzt steh langsam auf!« befahl die nervöse Stimme.

Gary tat wie befohlen und hob ohne besondere Aufforderung seine Hände über den Kopf. Sofort trat von hinten jemand an ihn heran und tastete ihn ab. Das würde der zweite des Trios sein.

»Ich hab nichts bei mir«, sagte Gary ruhig.

»Halt deinen Mund, bis du gefragt wirst«, kam wieder die altbekannte Stimme, diesmal weniger nervös.

Der Unbekannte hörte auf, Gary abzutasten, und zum erstenmal sagte er etwas.

»Er hat wirklich nichts, Harry.«

Irgendwie klang es enttäuscht.

Schritte ließen sich vernehmen, und ein Mann trat in den Gesichtskreis von Gary. In seiner Hand trug er ein Gewehr, bei dessen Anblick Gary kein Hehl aus seiner Überraschung machte.

»Was ist denn das für eine Flinte?« fragte er.

»Das geht dich einen Dreck an!« fauchte der Unbekannte mit dem schönen Vornamen Harry. Dabei zeigte er mit der Mündung des Gewehrs auf das Bündel zu Garys Füßen.

»Und was ist das?«

»Das wiederum geht dich einen Dreck . . .« begann Gary, hielt aber sofort den Mund, als der Flintenlauf hoch kam und auf seinen Bauch zeigte. »Tauchgeräte«, gab er kleinlaut zu.

»Tauchgeräte? Wofür denn das?«

»Och — ich habe es gefunden und mitgenommen.«

»Lügner! Tritt zurück, aber sei vorsichtig!«

Gary trat einige Schritte zurück und konnte nun alle drei Männer sehen. Die beiden anderen schienen immer noch nervös zu sein und schauten abwechselnd auf ihn und ihren Anführer Harry. Bewaffnet waren sie allem Anschein nach nicht. Nur Harry besaß das Gewehr, mit dem er jetzt auf einen seiner Kumpane zeigte.

»Sully, sieh dir einmal das Zeug an!«

Sully näherte sich mit offensichtlichem Mißtrauen dem Beutel, packte Atemmaske und Zubehör aus und betrachtete es mit nicht besonders geistreichem Gesicht. Anscheinend hatte er nie zuvor etwas Ähnliches gesehen.

Harry warf einen Blick auf die Gegenstände.

»Sieht aus wie eine Gasmaske«, vermutete er.

»Es ist eine Taucherausrüstung«, widersprach Gary, in dessen Gehirn ein Plan Gestalt anzunehmen begann.

»Und wofür brauchst du eine Taucherausrüstung?«

»Für nichts; ich habe sie bloß gefunden.«

»Wo?« wollte Harry wissen. »In welchem Geschäft kann man so etwas kaufen? Ich würde dir raten, mit dem Lügen aufzuhören.«

»Warum sollte ich lügen? Vorsicht, nicht auf die Maske treten. Du zerbrichst das Glas.«

»Ich mache mit dem verdammten Ding genau das, was ich will«, entgegnete Harry wütend und versuchte, seine Dummheit durch Lautstärke zu vertuschen. »Hier bin ich der Boss! Also, raus mit der Sprache: in welchem Geschäft hast du das Zeug aufgetrieben?«

»In einem Anglerladen, einer Art Wassersportartikelgeschäft. Es lag im Schaufenster, und ich nahm es einfach mit.«

»Du hast wohl Angst vor einem Gasangriff?«

»Es ist wirklich eine Taucherausrüstung, Harry.«

»Du lügst!« stellte Harry stur fest.

Dann bückte er sich und begann, die Einzelteile einer eingehenden Prüfung zu unterziehen. Er nahm die Maske in die Hand und betrachtete sie von allen Seiten. Ebenso geschah es dann mit der kleinen Stahlflasche, an die ein Schlauch angeschlossen war. Er schüttelte sie, aber obwohl sie schwer war, ließ sich kein Inhalt feststellen.

Einer der anderen kam näher.

»Harry . . .?«

»Was ist los?«

»Ich glaube, der Fremde spricht die Wahrheit, es ist eine Taucherausrüstung. Ich weiß auch, was er damit wollte.«

»So —? Was denn?«

»Sie anziehen und damit über den Fluß schwimmen.«

Der Anführer der drei Vagabunden warf Gary einen schnellen, abschätzenden Blick zu. Dann schüttelte er den Kopf.

»Unmöglich! Man würde ihn sehen.«

»Unter Wasser, natürlich«, erklärte der Mann, der von Harry mit dem Namen Sully angeredet worden war. Dabei tanzte er aufgeregt auf einem Bein hin und her.

Harry setzte sich langsam auf den grasigen Boden und starrte auf die Atemmaske. Gary konnte deutlich erkennen, daß in seinen Augen so etwas wie Interesse aufglomm. Bald hatte er ihn soweit.

»Daß ich nicht selbst darauf gekommen bin!« sagte er mit verstecktem Selbstvorwurf. Und etwas langsamer fügte er hinzu: »Eine ausgezeichnete Idee!«

»Es ist meine Ausrüstung«, erinnerte ihn Gary hastig, um den keimenden Entschluß Harrys zu beschleunigen. »Du kannst sie mir nicht einfach wegnehmen.«

»Und ob ich das kann!« Der Bandit stand auf und trat auf Gary zu. »Warum hast du mir nicht gleich gesagt, daß du auf die andere Seite willst? Wolltest wohl allein ins gelobte Land verschwinden, he?«

»Wir können tauschen«, machte Gary den schwachen Versuch einer Anbiederung, der prompt mißlang. »Ich gebe dir die Ausrüstung, und du gibst mir dein Gewehr.«

»Tauschen? Ich behalte das Gewehr und deine Ausrüstung, denn schließlich bin ich hier der Boss. Frag die Jungs, die wissen es. Sully, komm einmal her!«

Der Kleinere der beiden eilte beflissen herbei.

»Ja, Boss, was soll ich?«

»Das Ding da anlegen, aber dalli!«

»Ich?« Sully schien entsetzt. »Ich kann doch gar nicht schwimmen.«

»Wer spricht denn von Schwimmen, du Schwachkopf? Ich will doch nur feststellen, ob diese Tauchermaske funktioniert.«

»Aber ich weiß nicht, wie man sie anzieht, Harry.«

Harry winkte mit dem Gewehr.

»Der Fremde wird sie dir anlegen, und wehe, wenn er es nicht richtig macht.«

Mit offensichtlichem Widerstreben machte sich Gary daran, Sully die Maske aufzusetzen und das Mundstück mit dem Atemschlauch zu verbinden. Dann öffnete er die Luftzufuhr und trat zurück. Sully stand an allen Gliedern zitternd in der Mitte der Gruppe und starrte die Männer angstvoll an.

Seine Augen wirkten hinter den Glasscheiben doppelt groß.

»Kann er jetzt atmen?« fragte Harry besorgt.

»Er atmet bereits durch das Gerät«, sagte Gary.

Harry nickte Sully zu.

»Gehen wir zum Ufer.«

Sie marschierten über die Wiese und erreichten Minuten später den Strand. Gary blickte hinüber zum Ufer von Minnesota, aber er konnte keine Soldaten entdecken. Es war auch zu dunkel dazu. Er hoffte nur, daß sie jetzt keiner überraschte, denn außer Harry besaß niemand eine Waffe.

»Und jetzt leg dich ins Wasser!« befahl Harry und stieß den überraschten Sully in den Fluß, wobei er ihn jedoch festhielt, damit er nicht abtreiben konnte. Sully wehrte sich aus Leibeskräften, aber er unterlag der brutalen Gewalt des Anführers. Sein Kopf befand sich unter der Wasseroberfläche und wurde von Harrys Fuß dort gehalten.

Die Prozedur dauerte mehrere Minuten, während Gary aufmerksam das andere und das diesseitige Ufer beobachtete. Wenn sie jetzt jemand in böser Absicht überraschte, konnten sie alle vier verloren sein, denn Harry war viel zu sorglos gewesen, um einen Posten auszustellen.

Endlich glaubte Harry, genügend für seine spätere Sicherheit getan zu haben, und zog Sully an Land. Er stellte ihn auf die Füße und streifte ihm die Maske ab.

»Lebst du noch?« fragte er ganz unnötig.

»Warum wolltest du mich ertränken?« rief Sully verstört aus. »Du weißt doch, daß ich nicht schwimmen kann!«

Harry ballte die rechte Faust und hielt sie ihm unter die Nase.

»Halt den Mund, du verdammter Narr! Ist dein Gesicht vielleicht naß?«

»Ich — nein! Aber wieso denn? Ich war unter Wasser.«

»Und hast du Luft bekommen?«

»Ja — ich habe immer geatmet. Aber wieso kann ich . . .?«

»Mund halten, du Esel! Also funktioniert das Ding!« Er

kümmerte sich nicht mehr um Sully, sondern wandte sich an Gary. »Da hast du dir etwas verdammt Schlaues ausgedacht, mein Lieber, aber Harry ist noch schlauer. Du wolltest also über den Fluß und dich in Sicherheit bringen? Aber du hast dich geirrt. Harry wird ans andere Ufer schwimmen, du aber bleibst hier. Vielleicht findest du eine neue Ausrüstung.«

»Harry! Du wirst uns doch nicht etwa allein lassen?«

Der Anführer warf Sully einen verächtlichen Blick zu und knurrte:

»Hast du gedacht, ich würde mein Leben lang für dich Kindermädchen spielen?«

»Aber Harry, was sollen wir ohne dich machen?«

»Von mir aus geht zum Teufel!« Er griff nach Sully. »Gib die Maske her!«

Er streifte Sully die Maske einfach vom Kopf und hob ihm die Sauerstoff-Flasche und den Atemschlauch vom Rücken. Doch nun begegnete er dem ersten Problem und wußte es nicht zu lösen: mit einem Fuß stand er im Wasser, das Tauchgerät in der einen und das Gewehr in der andern Hand. Er benötigte jedoch beide Hände, um die Maske anzulegen.

Gary grinste im Halbdunkel.

Harry zögerte lange Sekunden und dachte darüber nach, wem er wohl am meisten vertrauen konnte. Dann winkte er mit dem Ellenbogen dem dritten Mann, der sich bisher schweigsam verhalten hatte.

»Komm her und nimm mein Gewehr! Richte es auf den Fremden, und wenn er eine verdächtige Bewegung macht, pumpe ihn voll Blei.«

Der Partner hielt den Gewehrlauf recht unsicher auf Gary gerichtet, während Harry begann, sich die Maske überzustreifen. Es gelang ihm verhältnismäßig schnell, Sauerstoffbehälter und Maske an die richtige Stelle zu bringen. Er überzeugte sich davon, daß er Luft bekam, obwohl sein Mund unter der Maske war, dann nickte er den Männern zu und watete in den Fluß hinaus.

Dort traf er auf das zweite Problem und vermochte nicht, seiner Herr zu werden. Einige Meter schwamm er unter der Oberfläche, aber als er eine Pause machte, um Atem zu schöpfen, stieg er automatisch an die Oberfläche. Sein Kopf kam aus dem Wasser, und er schnappte nach Luft. Scheinbar konnte er sich nicht mit dem Gedanken befreunden, unter Wasser zu atmen. Hinzu kam, daß er dort nichts sehen konnte und völlig die Orientierung verloren hatte.

Hundert Meter unterhalb der Einstiegstelle kletterte er mühsam ans Ufer, streifte die Maske ab und kehrte zu den Wartenden zurück. Gary verbarg seine Heiterkeit nicht.

»Was gibt es da zu lachen, du Besserwisser?« fauchte Harry ihn wütend an, nachdem er dem schweigenden Aufpasser das Gewehr wieder abgenommen hatte. »Kommst dir wohl mächtig schlau vor, was?«

»Wenn du nicht ersaufen willst, dann gib mir das Gerät wieder zurück, du wirst nie damit über den Fluß kommen.«

»Aber du natürlich?«

»Ich kann schwimmen!«

»Dann versuche es, aber nicht mit diesem Gerät!« Er ging auf die Uferböschung zu. »Wir müssen verschwinden, ehe jemand auf uns aufmerksam wird. Aber aufgeben werde ich es nicht.«

Gary war froh, daß der alte Narr endlich bemerkte, in welcher Gefahr sie schwebten. Zu leicht hätte sie ein Soldat auf der andern Seite beobachten können, oder ein herumstreifender Vagabund auf dieser. Sie verließen also das Ufer und zogen sich ein wenig landeinwärts zurück.

Das Gewehr reizte Gary. Er kannte dieses Modell noch nicht, aber es machte einen guten, zuverlässigen Eindruck. Unbewaffnet fühlte er sich recht unsicher in seiner Haut, denn er war davon überzeugt, daß dieser Harry ihn bei einem Überfall einfach im Stich lassen würde, um die eigene Haut zu retten.

Also mußte er das Gewehr haben.

Auf der Wiese angekommen, ließ er sich zu Boden sinken und legte sich auf den Rücken, die Arme hinter dem Kopf verschränkt. Sowohl Harry wie seine beiden Kumpane folgten seinem Beispiel. Der Anführer knurrte etwas Unverständliches vor sich hin, während er sich mit der Tauchermaske befaßte. Gary wußte, daß der andere überlegte, wie er wohl am besten damit umzugehen habe. Wenn er nicht selbst darauf kam, würde man ihm ein wenig nachhelfen müssen.

Noch zweimal in der gleichen Nacht wurde von Harry der Versuch unternommen, den Mississippi zu überqueren. Aber erst der zweite Versuch war von sichtbarem Erfolg gekrönt.

Das erstemal erging es ihm kaum anders als zuvor. Er tauchte unter, verlor ständig die Orientierung und kam wieder zur Oberfläche empor. Dabei schlug er mit Armen und Beinen um sich, daß man es meilenweit hören konnte. Der dritte Mann, dem Harry das Gewehr gegeben hatte, stand schweigend und unbeweglich am Ufer und verzog keine Miene. Gary hätte ihm mehr als nur einmal in aller Seelenruhe das Gewehr abnehmen können, aber er hatte einen anderen Plan.

Als Harry nach fast einer Stunde wieder zum Ausgangspunkt zurückkehrte, schnaubend und fluchend, ließ er sich zu Boden sinken und tat ganz so, als sei er am Ende seiner Kräfte. Doch dann entsann er sich Garys und begann, auf diesen zu schimpfen, obwohl es doch schließlich nicht dessen Schuld war, wenn Harry mit aller Gewalt über den Fluß wollte.

Gary wartete, bis der andere erschöpft den Mund hielt.

»Wollen wir tauschen?« fragte er.

»Tauschen? Du bist wahnsinnig geworden!«

»Hör genau zu, Harry, was ich dir jetzt sage: du hast dich die ganze Zeit über wie ein Idiot aufgeführt und einen Krach gemacht, den man bis zur andern Seite hören kann. Wenn du ein wenig intelligenter wärst, müßtest du dir sagen, daß auch ich nicht gegen die Unterwasserströmung ankommen kann.

Und trotzdem komme ich hinüber! Darüber also denke mal ein wenig nach.«

Nachdenken war zu schwierig, darum fragte Harry:

»Also — was?«

»Ich habe eine Idee, wie man auf die andere Seite kommt, ohne abgetrieben zu werden, das wollte ich damit sagen. Auch mache ich kein Geräusch dabei. Hättest du heute abend abgewartet und zugesehen, wie ich es machen würde, dann wüßtest du es jetzt. Also, wie ist es: tauschen wir?«

»Was — tauschen?«

»Ich bekomme das Gewehr, und ich sage dir dafür, wie du über den Fluß gelangst.«

Die Antwort ließ auf sich warten.

Gary lag im Sand und wartete.

Um sie herum war die Stille der Nacht und eines toten Landes.

Plötzlich zappelte der Fisch an der Angel.

»Wie?« fragte Harry.

»Das Gewehr!« erinnerte ihn der ehemalige Corporal.

»Ich wäre ja verrückt, gäbe ich dir schon jetzt das Gewehr.«

»Dann gib es deinem Partner. Ich verrate dir meinen Trick, und du versuchst dein Glück. Bist du bis morgen früh nicht zurück, gehört das Gewehr mir. Das ist mein Vorschlag, und damit basta!«

Nachdem Harry vergeblich nach eventuell vorhandenen Fußangeln in Garys Plan gesucht hatte, nahm er den Vorschlag an. Sein Begehren, die andere Seite des Flusses zu erreichen, war immer größer geworden. Was aus seinen Freunden wurde, interessierte ihn nicht.

»Also gut! Erzähl!«

»Das Gewehr!« erinnerte ihn Gary.

Schweigend gab Harry seinem Partner das Gewehr.

»Du kannst ihm morgen früh die Flinte geben, wenn ich bis dahin nicht zurück bin, Jonesy.«

Jetzt erst erklärte Gary sein geplantes Vorhaben in allen

Einzelheiten und erzählte von dem Kabel, das auf dem Grund des Flusses zur andern Seite führte.

»Woher weißt du das von dem Kabel?« fragte Harry mißtrauisch.

»Ich habe es selbst mit verlegt«, log Gary. »Vor zehn Jahren arbeitete ich bei einer Baufirma. Das Kabel beginnt direkt bei der Brücke, auf der Seite stromabwärts. Die Bojen sind daran befestigt.«

Harry sprang auf und ging davon, ohne ein einziges Wort des Abschieds. Sully machte Anstalten, hinter ihm her zu eilen, sank aber dann wieder zu Boden. Jonesy hielt schweigend das Gewehr.

Harry nahm keinerlei Rücksicht. Er trampelte durch das hohe Gras und konnte nicht schnell genug zur Brücke gelangen. Man mußte ihn auf der andern Seite des Flusses sehr gut hören können.

Gary wartete, bis die letzten Schritte in der Ferne verklungen waren, dann wandte er sich an Jonesy.

»All right, Jonesy. Du kannst mir das Gewehr geben.«

Schweigend gab ihm der Mann das Gewehr.

Mehr als eine Stunde war seit dem etwas hastigen Aufbruch Harrys vergangen, ehe der wortkarge Jonesy sagte:

»Kann ich dich etwas fragen, Fremder?«

»Du tust es bereits, Jonesy.«

»Ich wäre auf den Trick nicht so hereingefallen wie Harry.«

»Harry ist ein Idiot, mehr nicht.« Gary lag auf dem Bauch, das Gesicht dem Fluß zugewandt, die wertvolle Flinte im Arm. »Weiter!«

»Ich habe dich von Anfang an beobachtet. Du warst bei der Armee, vielleicht sogar bei einer Spezialtruppe. Du hättest Harry mehr als einmal das Gewehr abnehmen können, aber du hast es nicht getan. Auch ich hielt es so, daß du es dir nur hättest zu nehmen brauchen. Aber du tatest es absichtlich nicht. Warum?«

»Ich wollte, daß Harry — oder irgend jemand anders — den Versuch unternahm, mit der Tauchausrüstung den Fluß zu überqueren.«

»Das habe ich gewußt, als du dir das Zeug abnehmen ließest und nicht die Gelegenheit wahrnahmst, uns das Gewehr zu entreißen. Warum bist du nicht selber hinübergeschwommen?«

Gary grinste, und in seiner Stimme war so etwas wie unterdrückter Zynismus, als er antwortete:

»Ich habe nun mal nicht das Zeug zu einem Testpiloten in mir. Die Pläne hecke ich gern aus, aber jemand anders muß sie erproben. Wenn Harry Erfolg hat, werde ich ihm folgen. Hier oder bei einer anderen Brücke.«

»Und wenn nicht?«

»Dann weiß ich, daß man drüben an das Kabel gedacht und entsprechende Vorsichtsmaßnahmen getroffen hat. In diesem Fall werde ich mir etwas anderes ausdenken müssen.«

»Aha!« machte Jonesy und verfiel erneut in Schweigen.

»Was ist das für ein Gewehr?« fragte Gary nach einer Weile.

»Eine Browning Automatic. Das Magazin enthält sechs Schrotpatronen.«

»Munition?«

»Dort in dem Beutel.« Jonesy zögerte, dann fügte er hinzu: »Ich hätte noch eine Frage: Heute, als wir dich überfielen — hast du da auch schon gewußt, daß wir hinter dir her waren?«

»Man konnte euch meilenweit hören und ...«

Drüben am Fluß schoß eine grelle Stichflamme in die Höhe und verbreitete Tageshelligkeit. Deutlich konnte Gary die erschreckten Gesichter seiner beiden Begleiter sehen.

»Mein Gott! Was ist das?« stöhnte Jonesy entsetzt.

Gary lag unbeweglich am Boden und starrte hinüber zum Fluß. Sowohl Jonesy wie auch Sully aber saßen aufrecht und steif da und versuchten mit zusammengekniffenen Augen die Ursache des plötzlichen Lichtes zu ergründen.

»Nehmt doch Deckung, ihr Narren!« befahl Gary wütend.

Auf der anderen Seite des Flusses krachte ein Karabinerschuß. Dann folgte das Hämmern eines Maschinengewehrs. Gary lauschte dem Klang nach und bestimmte im Geist Typ und Kaliber. Dann ertönte ein Pfiff, und das MG stellte sein Feuer ein. Ein einzelner Karabinerschuß folgte, dann war Stille. Langsam erlosch das grelle Licht, und erneut senkte sich die Nacht über den Strom.

»Was war das?« stammelte Jonesy verstört.

»Das war dein Freund Harry«, eröffnete Gary ihm mitleidlos. »Er hat das andere Ufer erreicht.«

»Haben sie ihn — getötet?«

»Auf Fische werden sie nicht geschossen haben.«

»Und das Licht — wo kam das her?«

»Er muß über einen Draht gestolpert sein, der Magnesiumfackeln auslöst. Also haben sie das ganze Ufer auf der anderen Seite mit solchen Stolperdrähten versehen. Ich werde mir das merken müssen.« Er rollte sich zusammen und zog das Gewehr unter seinen Körper. »Ja, ja, der gute alte Harry hat es geschafft. Eigentlich hätte ich ihm das nicht zugetraut.«

Also hatten sie überall Drähte gespannt, bei deren leisester Berührung Magnesiumfackeln gezündet wurden. Aber doch sicher nicht das ganze Ufer entlang. Das wären mehr als dreitausend Kilometer mit allen Buchten und Seitenarmen des Flusses. So viel Draht hatte auch die Armee nicht. Vielleicht hatten sie die Fallen nur an schwachen Punkten aufgestellt, an Brücken etwa. Oder wußten sie von dem Unterwasserkabel? Auch möglich.

Warum hatten sie dann das Kabel nicht einfach zerschnitten?

Die Antwort war einfach: weil man es noch benötigte! Vielleicht waren es nicht nur Haltekabel für die Bojen, sondern gleichzeitig auch Nachrichtenkabel. Und im Keller des Pentagon saßen sicher noch einige Leute von der Regierung.

Das würde seine Pläne etwas ändern.

In der Nacht war es frisch, und er schlief kaum. Als er am andern Morgen erwachte, stand er auf, nahm sein Gewehr und den Beutel mit Munition, fand noch einige Schachteln Streichhölzer und seine eigenen Vorräte.

Die beiden Vagabunden schliefen noch. Sie lagen eng beieinander und wärmten sich. Gary betrachtete sie eine Weile, ehe er seine Pistole aus der Tasche zog und sie Jonesy in die erstarrte Hand drückte.

In der kalten Finsternis schlich er sich davon.

Der erste Frost kündigte sich an.

8

Der Winter kam dieses Jahr sehr schnell und überraschend, eine knappe Woche nach den soeben geschilderten Ereignissen. Über Nacht drang ein eisiger Wind von Kanada nach Süden vor und überzog die Nordstaaten mit einer Kältewelle. Die Temperaturen sanken unter den Nullpunkt, und die Kälte überzog die Seen und langsam fließenden Wasserläufe mit einer dünnen Eisschicht. Gegen Morgen begann Schnee zu fallen, und es schneite den ganzen Tag. Die letzten Blätter lösten sich von den Bäumen und sanken in den Schnee. Die Welt wurde noch stiller und verlassener, als sie diesseits des Mississippi ohnehin schon war. Kein Mensch und kein Tier rührte sich in der weißen Wüste, die reglos in der schneidenden Kälte lag. Es gab viele an diesem Morgen, die nicht mehr erwachten, denn der plötzliche Schnee hatte sie während des Schlafes überrascht.

Gary saß im Fond eines Autos und verfluchte sich, nach Norden gekommen zu sein. Warum hatte er sich nicht nach Süden gewandt, als es kalt zu werden begann. Was war er doch für ein Narr!

Er dachte an Florida, an eine Fischerhütte auf einer Insel. Dort hätte er gut einen Besuch machen können, mehr natürlich nicht. Aber dort wäre es warm, und er hätte das Kind wenigstens mal gesehen. Wessen Kind eigentlich? fragte er sich. Er wäre dann noch weiter nach Süden gegangen und hätte sich eine der Badehütten gesucht, irgendwo in Miami. Auch New Orleans wäre nicht schlecht gewesen, denn dort ging das Leben in gewissem Sinne weiter. Zwar war die Bevölkerung stark dezimiert worden, aber es bestand Ordnung und eine verhältnismäßig stabile Verwaltung. Die Brücke zur anderen Seite des Mississippi wurde durch Panzer blockiert.

Er zitterte vor Kälte und fluchte vor sich hin.

Der Krach eines Schusses riß ihn plötzlich aus seinen Gedanken. Er richtete sich auf und starrte durch das verschmutzte Rückfenster.

Jemand kam auf den Wagen zugelaufen, ein wenig unsicher und in Todesangst, wie ihm schien. Ab und zu warf der Flüchtling hastige Blicke über die Schulter zurück, um dann mit erneuter Anstrengung weiterzulaufen.

Gary entdeckte die Verfolger sofort. Es waren zwei Männer, mit Gewehren bewaffnet, von denen der eine gerade eine Patrone in den Lauf gleiten ließ. Allem Anschein nach aber wollten sie ihre Beute lebend haben.

Gary überlegte nicht lange. Er griff nach der automatischen Schrotflinte und kauerte sich auf dem Rücksitz zusammen. Gleichzeitig öffnete er die Wagentür.

Der Flüchtling rannte weiter. Er schien die Bewegung nicht bemerkt zu haben, denn sein Ziel war offensichtlich das Auto. Da erklang der zweite Schuß. Das Opfer schrie gellend auf, aber Gary vermochte nicht zu sagen, ob es getroffen war, oder ob nur der Schreck ihm diesen Schrei entlockt hatte. Er entsicherte die Waffe.

Es war ein Mädchen. Das sah er aber erst, als sie in den Wagen stürzte und dort halb bewußtlos auf den Boden sank. Sie hatte ihn nicht bemerkt. Er beugte sich über sie hinweg und schloß die Wagentür. Da öffnete sie die Augen und stieß einen zweiten Schrei aus. In ihren Augen war eine schreckliche

Angst. Mehr als zwölf Jahre alt konnte sie nicht sein.

»Sei ruhig, ich tu dir nichts!« sagte er beruhigend.

Aber sie schrie weiter. Ohne sich darum zu kümmern, drückte er sie auf den Boden und hockte sich in die andere Ecke.

»Nun bleib liegen. Gleich kommen deine beiden Freunde. Wenn du vernünftig bist, sind sie im Nu erledigt, und du hast deine Ruhe.«

Sie würden zu der gleichen Tür hereinkommen, durch die das Mädchen in den Wagen gestürzt war. Gary wartete, den Finger am Abzug.

Die Tür wurde aufgerissen.

»Ich habe sie, die kleine Kanaille . . .«

Gary hielt ihm die Mündung des Gewehrs dicht vor die Augen und drückte ab. Ohne einen weiteren Laut sank der Mann zurück und fiel in den Schnee, der sich sofort rot färbte. Der zweite Verfolger hielt mitten im Lauf an und hob sein Gewehr. Aber Gary war schneller. Mit einem einzigen Schuß erledigte er ihn.

Ohne sich weiter um die beiden Leichen zu kümmern, schloß er die Tür und kurbelte die Fenster wieder hoch, die er zuvor geöffnet hatte, um eine bessere Übersicht zu haben.

Das Mädchen saß in der Ecke und weinte ununterbrochen. Er wußte nicht, wie er sie zum Schweigen bringen sollte.

Und so dauerte es eine gute Stunde, bis sie allmählich zu begreifen schien, daß ihr von ihm keine neue Gefahr drohte. Sie hörte ihm zu, wenn er sprach, und gab vernünftige Antworten, wenn er sie etwas fragte. Leicht war es nicht für Gary, alles Wissenswerte aus ihr herauszuholen und gleichzeitig die Umgebung zu beobachten, ob sich jemand näherte.

Ihr Name war Sandy Hoffmann; sie war zwölf Jahre alt und lebte mit ihren Eltern und zwei Brüdern auf einer nahe gelegenen Farm. Heute früh war sie zusammen mit ihrem ältesten Bruder Lee — er war vor kurzem gerade fünfzehn geworden — auf Kaninchenjagd gegangen. Der Vater hatte sie noch gewarnt, sich nicht zu weit von der Farm zu entfernen, da sich Diebe herumtrieben. Aber allem Anschein nach war dieser Rat nicht befolgt worden. Kaninchen hatten sie nicht gefunden.

Lee war vorausgegangen, und ihre ganze Aufmerksamkeit galt einem größeren Gebüsch, in dem sich gern Kaninchen aufhielten, als die beiden Männer sie überfielen. Sie trugen Gewehre, und Lee zögerte nicht, auf sie mit seiner kleinen Jagdflinte zu schießen. Er verfehlte sein Ziel und wurde niedergeschossen.

Sie flüchtete. Da sie das Gelände kannte, konnte sie zunächst einen Vorsprung erringen. Dann aber begannen ihre Kräfte zu erlahmen, und die beiden Verfolger holten auf. Sie wußte nicht mehr, wie lange sie gelaufen war, bis sie endlich die Straße erreichte und den Wagen sah.

»Und was sollen wir nun tun?« fragte sie altklug.

»Tun? Hm, ich weiß es nicht«, gab er zu. »Ich muß erst einmal überlegen.«

In ihm entstand eine vage Vorstellung, wie man den an sich unangenehmen Zwischenfall zu seinen Gunsten wenden konnte. Wäre das Mädchen älter gewesen — oder ein Mann, so hätte er sich nichts daraus gemacht, sie einfach im Stich zu lassen. Aber so tat ihm das Kind leid. Außerdem konnte sie ihm vielleicht zu einem warmen und sicheren Winterquartier verhelfen. Dreimal am Tag würde es eine Mahlzeit geben, und nachts konnte man ruhig schlafen.

Es sollte einen Versuch wert sein.

»Wir werden zuerst Lee suchen. Dann nehmen wir ihn mit und bringen ihn zu deinen Eltern.«

»Ich weiß doch gar nicht, wo Lee ist«, gab sie zu bedenken.

Er legte ihr seine Hand auf die in Unordnung geratenen Haare.

»Pah, das ist einfach. Im Krieg war ich Spähtruppführer. Ich habe alle Spuren gefunden, und keiner ist mir entgangen. Wir gehen einfach auf deinen eigenen Spuren im Schnee zurück.«

Sie betrachtete ihn voller Bewunderung.

»Nun komm, sonst sorgen sich deine Eltern.«

Er öffnete die Tür auf der andern Seite, weil sie die beiden Toten nicht sehen sollte, und kletterte aus dem Wagen. Die Spur war leicht zu finden.

Sie führte durch spärlichen Wald und endete schließlich auf einer Lichtung mit einigen Büschen.

Hier war der Schnee besonders arg zertrampelt und zeugte von einem stattgefundenen Kampf.

Nicht weit entfernt lag die schwarze Gestalt von Lee.

»Du wartest hier, Sandy. Ich hole ihn.«

Sie nickte, lehnte sich gegen einen Baumstamm und sah ihm nach.

Ein Teil von Lees Kleidung war abgestreift und ein Stück Fleisch aus seinem Oberschenkel herausgeschnitten worden. Eine Weile stand Gary stumm vor der Leiche des Jungen, die Zähne gegen die Unterlippe gepreßt. Etwas Ähnliches hatte er erwartet, wenn die Quarantäne lange genug dauerte und der Hunger größer wurde. Während des Zweiten Weltkriegs hatte es einmal einen authentisch belegten Fall von Kannibalismus gegeben, als Japaner auf einer Insel im Pazifik eingeschlossen und von jeglichem Nachschub abgeschnitten gewesen waren. Zuerst hatten die Gefangenen dran glauben müssen, dann die eigenen Leute. Die Stärksten hatten damals die Belagerung überlebt.

Nun ist es auch bei uns soweit, dachte Gary bitter. Diese verdammte Armee, der verdammte Mississippi!

Er beugte sich herab und bedeckte die Stelle mit Kleiderfetzen. Dann legte er sich den Körper über die Schulter und hielt ihn mit einer Hand fest. Mit der andern Hand hielt er sein Gewehr fest. Er rief das Mädchen.

Sie kam sofort herbeigelaufen.

»Ist er — tot?«

»Ja, er ist tot. Wir bringen ihn nach Hause.«

Er sah, daß sie geweint hatte. Sie zitterte am ganzen Körper.

»Aber ich weiß doch nicht, wo wir sind. Jetzt auf einmal finde ich mich nicht mehr zurecht.«

»Habe ich dir nicht erzählt, daß ich Spähtruppführer bin?«

»Ja, aber . . .«

»Kein aber, Sandy. Wir werden es schon finden. Hat eure Farm Scheunen oder andere Gebäude, die man auf weitere Entfernung hin wahrnehmen kann?«

»Ja, große Scheunen.«

Sie versuchte, nicht auf die Leiche ihres Bruders zu blicken.

»Dort drüben ist ein Hügel, siehst du ihn? Zwei Bäume stehen darauf. Von dort aus haben wir einen guten Ausblick. Notfalls mußt du eben auf einen Baum klettern. Einverstanden?«

»Einverstanden!« Sie nickte und folgte ihm, die Blicke auf den Schnee geheftet.

Während sie voranschritten, dachte Gary über seinen Plan nach. Sobald sie die Farm gefunden hatten und sich ihr näherten, würde er Sandy vorausschicken. Das wäre besser als eine weiße Flagge, und man würde nicht sofort auf ihn schießen. Der Farmer würde sich zumindest erst einmal die Geschichte anhören wollen. Und schließlich mußte ihn die Tatsache überzeugen, daß ihm ein vollkommen Fremder seine Kinder nach Hause brachte. Gary lächelte still vor sich hin.

»Bleiben Sie stehen!« befahl Hoffmann mit kalter Stimme.

Gary blieb stehen und wartete.

Der Farmer hielt eine Flinte älteren Modells in seinen Händen und hatte die Mündung drohend auf Gary gerichtet. Er stand in der offenen Tür seines Hauses; hinter ihm sah Gary die Gesichter einer älteren Frau, eines noch jungen Burschen und Sandys. Furcht und Schrecken zeigten sich auf ihren Gesichtern.

»Leg den Jungen auf die Erde!« fuhr Hoffmann fort. »Und

das Gewehr!«

Gary befolgte ohne ein Wort der Entgegnung den Befehl und trat dann einige Schritte zur Seite.

Hoffmann war ein Mann in mittlerem Alter. Scin Gesicht zeigte die Spuren des vergangenen schweren Jahres. Trotzdem waren seine Augen klar und scharf geblieben. Das Gewehr immer auf Gary gerichtet, kam er näher und sank neben seinem toten Sohn auf die Knie.

»Seien Sie vorsichtig«, warnte Gary ruhig. »Mit dem Jungen ist etwas geschehen, das ich nicht verhindern konnte. Ich kam zu spät.«

Hoffmann sah ihn fragend an.

»Wie meinen Sie das?«

»Ihre Tochter fand mich erst, nachdem alles vorbei war. Sie führte mich zur Stelle des Überfalls, und wir fanden Ihren Sohn. Wenn Sie ihn auswickeln, so lassen Sie Ihre Frau nichts sehen.«

Der Farmer schien nicht zu begreifen, aber er tat, wie Gary ihm geraten hatte. Er kniete zwischen der Leiche und dem Haus, als er die zerfetzten Kleider zurückschlug. In seinen Augen zeigte sich nacktes Entsetzen, als er die blutige Stelle erblickte.

»Allmächtiger Gott!« hauchte er und sah zu Gary hoch. Seine Lippen formten weitere Worte, brachten jedoch keinen Ton hervor. Endlich sagte er: »Wer tat das?«

»Ein paar der übelsten Vagabunden«, erklärte Gary nüchtern. »Sie waren auch hinter Ihrem Mädchen her, als ich dazwischentrat.«

Tränen traten in die Augen des Mannes. Seine rechte Hand ließ das Gewehr in den Schnee fallen, und er streichelte den Körper seines toten Sohnes.

»Wenn ich die beiden finde, dann gnade ihnen Gott!«

»Diesmal kommen Sie zu spät, Hoffmann. Ich habe sie getötet.«

Der Farmer warf ihm einen forschenden Blick zu.

»Sie haben . . .?«

Gary zeigte auf seine Automatic.

»Ja, damit.«

Hoffmann sah ihn noch einige Sekunden an, ehe er das Tuch wieder über die grauenhafte Wunde legte. Dann hob er die Leiche auf und hielt sie vor sich auf den ausgestreckten Armen.

»Bring die Gewehre mit, Fremder!« sagte er und wandte Gary den Rücken zu.

Der ehemalige Corporal folgte ihm wortlos mit den Waffen.

Der Farmer trug seinen Sohn in eine Art Schlafgemach, und die ganze Familie folgte ihm dorthin. Allein gelassen, fand sich Gary in der Wohnküche, wo er sich müde auf einem Stuhl niederließ. Es war warm in dem kleinen Raum, denn in der Ecke brannte Feuer in einem großen Herd. Irgend etwas schmorte in einem Topf und verbreitete einen angenehmen Duft. Gary lief das Wasser im Munde zusammen, und er wurde mit aller Gewalt daran erinnert, daß er seit gestern nichts mehr gegessen hatte. Nur mühsam unterdrückte er das Verlangen, aufzustehen und sich über den Inhalt des Topfes herzumachen.

In der Küche standen ein uraltes Sofa, ein Tisch und einige Stühle. Ein Stoß alter Zeitungen und Illustrierten vervollständigten den Eindruck eines gemütlichen Zuhauses auf dem Land. Hinter der geschlossenen Tür waren gedämpfte Laute zu hören. Jemand weinte.

Er ließ den Blick weiterwandern und betrachtete den schweren Eichentisch, an dem die Mahlzeiten eingenommen wurden. Jetzt lag eine Puppe darauf, sicher gehörte sie Sandy. Er suchte weiter und fand das Radio.

Es durchzuckte ihn, und er erhob sich halb, um es anzustellen, als sich die Tür öffnete und Hoffmann mit ausgestreckten Händen auf ihn zukam.

»Ich finde nicht die Worte des Dankes, Fremder . . .«

»Nicht notwendig, Hoffmann. Jeder andere hätte das an

meiner Stelle auch getan.«

»Bestimmt nicht.« Hoffmann schüttelte den Kopf. »Es hätte noch lange nicht jeder Mann so gehandelt.«

»Es war reiner Zufall, daß ich gerade in der Nähe war«, sagte Gary. »Das kleine Mädchen lief mir gewissermaßen vor die Füße.« Er löste seine Hand aus der des Farmers und setzte sich wieder. »Wenn Sie wünschen, gehe ich jetzt. Ich glaube nicht, daß ich Ihnen noch behilflich sein kann.«

»Wir können das Sie fallenlassen, Fremder. Nenne mir deinen Namen . . .«

»Russell Gary.«

»Hör zu, Gary! Ich lasse dich nicht wieder einfach davongehen, nach allem, was du für uns getan hast. Ich werde meine Schuld niemals ganz abtragen können.«

»Du schuldest mir nichts, Hoffmann, und ich würde auch keine Bezahlung annehmen.«

Der Farmer folgte seinem Blick und sah ebenfalls zum Herd.

»Bist du hungrig? Natürlich, daß ich nicht eher daran gedacht habe!« Er sprang auf und nahm Gary beim Arm. »Komm mit, du sollst essen, bis es dir zu den Ohren wieder herauskommt. Viel haben wir ja nicht mehr vom Leben, aber wenigstens genug zu essen haben wir. Wenn du willst, so kannst du den Topf leer machen . . .«

Am Nachmittag darauf begruben sie Lee. Es war eine einfache kurze Zeremonie, die schnell vorüberging.

Dann saßen sie in der Küche beisammen. Gary wartete auf die Gelegenheit, Hoffmann zu fragen, ob er den Winter über auf der Farm bleiben könne. Besser wäre es ja, er brauchte nicht darum zu fragen.

»Sandy hat erzählt, du seist Soldat gewesen?«

»Ja, bei der fünften Division in Chicago. Sie ist jetzt auf der anderen Seite des Mississippi, aber man läßt mich nicht zu ihr. Keiner darf über den Strom.«

»Ja, ich weiß«, nickte Hoffmann nachdenklich. »Ich kannte zwei gute Freunde, die haben es auch versucht.« Er machte eine Pause, ehe er fragte: »Kannst du eigentlich gut schießen?«

»Ja«, gab Gary offen zu. »Scharfschütze. Warum?«

»Ich wollte dir einen Job anbieten, denn wir wollen nicht vergessen, was wir dir schuldig sind.«

Gary grinste über den Tisch hinweg.

»Ihr schuldet mir nichts. Und einen Job? — Ich habe noch nie in meinem Leben auf einer Farm gearbeitet. Ich wüßte noch nicht einmal, wie eine Kuh gemolken wird.«

»Das erwartet auch keiner von dir. Zwar werden wir im kommenden Sommer schwer zu schuften haben ohne Lee, aber wir schaffen es schon. Nein, ich wollte dir eine rein militärische Aufgabe anvertrauen.«

»Militärisch?« Gary staunte und hörte auf zu essen.

»Hättest du Lust, unser Wächter zu sein? Fast täglich ziehen Diebe und Plünderer durch die Gegend, und sie sind nie mit dem zufrieden, was man ihnen gibt. Nachts kommen sie dann wieder und stehlen. Ich kann nicht gleichzeitig arbeiten und auf Diebe aufpassen. Das wäre dein Job: halt uns das Gesindel vom Hals!«

»Well, was soll ich dazu sagen? Eigentlich wollte ich in den Süden . . .«

»Wir können dir natürlich keinen Lohn anbieten, denn erstens haben wir kein Geld, und zweitens könntest du nichts damit anfangen. Wir können dir aber ein Dach über dem Kopf bieten, genug zu essen und trinken. Wenn du damit zufrieden wärst —?«

Gary sah zu Mrs. Hoffmann hinüber und zögerte.

»Bitte!« flüsterte Sandy schüchtern.

Das Mädchen saß am Tisch und blickte Gary flehend an. Er lachte. »Möchtest du, daß ich hierbleibe?« fragte er sie. Sie nickte.

»O ja!«

»Nun, dann muß ich wohl. Aber nur bis zum Frühjahr!«

»Einverstanden!« sagte Hoffmann und schlug ihm auf die Schulter. »Und nun iß weiter, du mußt zunehmen.«

»Kannst du mir einen Rasierapparat borgen, und vielleicht habt ihr auch eine Schere. Ich bin schon sehr lange nicht mehr beim Friseur gewesen.«

Ein wenig später stand er vor dem halbblinden Spiegel und betrachtete sein Gegenüber.

»Sehr gut, Corporal Gary, wirklich, sehr gut!«

Gary stellte eine genaue Untersuchung des Geländes an und fand sehr bald die schwächste Stelle ihrer Verteidigung heraus. Hinter der Scheune fiel die Wiese ziemlich steil zu einem zugefrorenen Fluß ab. Jemand brauchte nur aus dieser Richtung zu kommen und dafür zu sorgen, daß die Scheune stets zwischen ihm und dem Wohnhaus war, dann war er unmöglich zu bemerken.

In der Scheune fand Gary eine Drahtrolle. Er wickelte sie auf und schlug einige Pfosten in den Schnee. Durch Ösen zog er dann den Draht, an dessen äußerem Ende er eine Kuhglocke befestigte. Der Schnee würde bald alles wieder verdecken.

Meist schlief er am Tage, während er in der Nacht seine Runden machte. Diebe würden sich vorsichtig nähern, denn sie hatten Erfahrungen gesammelt und waren hungrig. Aber er war davon überzeugt, es mit ihnen aufnehmen zu können. Das ganze Gelände hatte er in Patrouillengänge eingeteilt, die ihm bestmögliche Beobachtung sicherten. Währenddessen schlief die Familie des Farmers ruhig und tief. Sie vertrauten ihm.

Eines Abends kam Gary ins Haus und sah gerade noch, wie Sandy das Radio ausschaltete. Langsam verglomm die Skalenbeleuchtung. Mit aufgerissenen Augen starrte Gary auf das Gerät.

»Das Radio — funktioniert es denn?«

»Natürlich funktioniert es«, nickte der Farmer. »Hast du das denn nicht gewußt?«

»Aber woher bekommt ihr den Strom?«

»Wir haben einen Dynamo und ein Windrad. Lee hat das alles gebastelt. Er war ein sehr begabter Junge. Wie er das gemacht hat, weiß ich nicht. Aber seitdem können wir Radio hören.«

»Ein Radio!« Gary schien von dem Gedanken restlos fasziniert. »Da bin ich in einem Haus, in dem ein Radio existiert, und ich weiß es nicht!« Er ging zu dem Apparat und berührte die Knöpfe. »Ich möchte es gern einmal ausprobieren.«

»Gern. Aber bitte, sei leise! Meine Frau hat einen leichten Schlaf.«

»Ich bin ganz leise«, versicherte Gary.

»Gute Nacht!« wünschte Hoffmann und verschwand, Sandy mit sich ziehend.

Er nahm auch die einzige Petroleumlampe mit, und Gary blieb im Dunkeln zurück. Aber das machte ihm nichts aus, denn wenn er abends noch im Haus saß, dann nur im Dunkeln. Er schob die Vorhänge ein wenig zur Seite. Der Mond war hinter den Wolken, aber trotzdem reflektierte der Schnee ein wenig Helligkeit.

Dann sank er vor dem Radio in die Knie und schaltete das Gerät ein. Das schwache Licht der Zahlenskala leuchtete auf, und etliche Sekunden danach ertönte ein Summen. Noch vor anderthalb Jahren hätte er sich nichts bei dem Summen eines eingeschalteten Radios gedacht, aber heute bedeutete es Leben für ihn, andere Menschen neben ihm und den Hoffmanns.

Irgendwo jenseits des Flusses lebten Menschen, gesunde und normale Menschen. Sie sprachen miteinander und erschlugen sich nicht wegen eines Stückes Fleisch. Zivilisation gab es dort, Wärme und Nahrung.

Er drehte an der Skaleneinstellung und hörte eine Frauenstimme. Sie sang ein Lied voller Liebe, Sehnsucht und Treue.

Die Melodie kam Gary bekannt vor, obwohl er sie noch nie gehört hatte.

Und mitten hinein erklang das sanfte Anschlagen einer Glocke.

Er zog die Stirn in Falten. Es war ihm, als gehöre dieser Laut nicht hierher, als verunstalte er das Lied.

Eine Glocke?

Er sprang auf und eilte mit wenigen Sätzen zur Tür, wobei er nach seinem bereitstehenden Gewehr griff. Im Nu war er draußen im Freien. Er hatte weder das Radio abgestellt noch die Tür hinter sich geschlossen. Leise spielte das Radio weiter, und das Mädchen sang das Liebeslied.

Im Schatten gelangte Gary bis zur Scheunenwand. Vorsichtig schob er den Kopf um die Ecke und starrte zum Abhang hinüber. Zuerst konnte er nichts entdecken, bis er den dunklen Fleck auf dem hellen Schnee erkannte. Er bewegte sich langsam vorwärts.

Gary hob das Gewehr.

Die dunkle Gestalt war ein Stück nähergekrochen.

Gary zog sich zurück und huschte in die Scheune. Sein Fuß stieß gegen etwas Hartes, und er bückte sich. Es war eine Eisenstange. Prüfend wog er sie in der Hand. Sie würde genügen.

Er schlich sich an den alten Platz zurück und wartete.

Verdammt, warum machte der Bursche nur so langsam?

Einige Minuten später stand Gary vor dem Problem, die Leiche fortzuschaffen. Er konnte sie nicht einfach hier liegenlassen, das würde wieder Aufregung und Unruhe hervorrufen. Also lud er sich den Körper auf die Schulter, nachdem er die Taschen vorher durchsucht hatte, und brachte ihn hinunter zum Fluß. Vielleicht würde man ihn hier später finden, wenn die Flut ihn nicht im Frühjahr fortspülte.

Dann wandte Gary sich um und rannte zum Haus zurück.

Doch wenige Meter vor der offenen Tür warf er sich blitzschnell zu Boden und preßte sich gegen den hartgefrorenen Schnee. Die Mündung seines Gewehrs zeigte durch die offene Haustür in das Dunkel der Küche.

Der Fremde hatte eine tiefe, gleichmäßige Stimme. Eigentlich war sie viel zu gleichmäßig. Als ihm die Bedeutung seiner Wahrnehmung zum Bewußtsein kam, begann er, sich heftig zu verfluchen.

Er hatte das Radio vergessen.

Langsam stand er auf, betrat das Haus und schloß die Tür hinter sich. Außer ihm befand sich niemand in der Küche.

Der Mann im Radio sprach noch immer . . .

9

Mit einem Satz war er vor dem Radio und lauschte der Stimme des Ansagers:

». . . verursachte die außergewöhnliche Kältewelle im westlichen Teil unseres Landes erneut ein tragisches Unglück. Ein vollbeladener Truppentransportzug stieß mit einem Güterzug in der Nähe von Laramie, Wyoming, zusammen. Die Zahl der Toten steht noch nicht fest. Der schwer verwundete Zugführer gibt an, der Schneesturm habe die Sicht stark behindert. Die Truppen waren auf dem Weg zur Mississippifront.

Wie soeben bekannt wird, ist der Nachschub an allen Fronten genügend gesichert. Es wird für viele Soldaten einen Weihnachtsurlaub geben, was im vergangenen Jahr nicht möglich war. Die höchsten Kommandostellen jedoch verweigern eine Verringerung der Truppen am Mississippi, da gerade dieser Frontabschnitt die größte Gefahr für unser Leben bedeutet. Im verseuchten Gebiet treiben sich feindliche Agenten herum, die einzigen Überlebenden der großen Katastrophe, die fast eine halbe Nation das Leben gekostet hat. Sobald wir jenes Gebiet zurückerobert haben, werden die Eindringlinge vertrieben werden.«

Gary sank auf den Fußboden und starrte auf das Radio.

»Immer noch erreichen uns vereinzelte Nachrichtensignale vom Pentagon. Damit erhalten wir den Beweis, daß nur noch dort Amerikaner die Katastrophe überlebt haben. Fotos, die von Beobachtungsflugzeugen gemacht wurden, beweisen eindeutig, daß das Land jenseits des großen Stromes tot und unbewohnt ist. Niemals zeigen sich Anzeichen einer noch existierenden Bevölkerung. Aus keinem Kamin steigt Rauch, und kein Vieh ist zu sehen.

Vor einigen Wochen versuchte ein feindlicher Agent, das andere Ufer des Flusses mit Hilfe eines Tauchgeräts zu erreichen. Er wurde entdeckt und erschossen. Leider riß der Fluß die Leiche mit sich, sonst hätte endlich die Möglichkeit bestanden, den Feind zu entlarven, von dem wir heute noch nicht wissen, wer es ist. Eines aber ist sicher: das Land östlich des Mississippi wird vom Feind kontrolliert und ist somit Feindesland. Jeder, der unser Ufer erreichen will, ist ein Feind.«

Gary holte tief Luft.

»Du verdammtes Schwein, du lügst ja wie gedruckt!«

Dann aber lauschte er erneut.

»Die Entschädigung für die Farmer, die ihr Land am Westufer des Mississippi abgeben mußten, um den fünfzehn Kilometer breiten Todesstreifen zu schaffen, soll demnächst ausgezahlt werden.

Erneute Benzinzuteilungen ermöglichen ein Wiederaufnehmen des Straßenverkehrs.

Das Postministerium gibt bekannt, daß die Postgebühren bald gesenkt werden können. Auch besteht Aussicht, daß wieder täglich Postzustellungen vorgenommen werden, nicht nur wöchentlich, wie es heute noch der Fall ist. Auch wird die erhöhte Produktion der Illustrierten und Unterhaltungsmagazine aufgenommen. Damit nähern wir uns wieder einem gewissen Zustand des Friedens, wenn der Feind auch noch immer auf der andern Seite der Front lauert und . . .«

»Du verlogener Hund!« fauchte Gary und schaltete das Gerät aus. Er kannte diese Art von Propaganda nur zu gut und verabscheute sie. Nun wurde sie sogar in den westlichen zweiundzwanzig Staaten betrieben, um die Bevölkerung zu beruhigen und die strengen Maßnahmen an der sogenannten Front zu rechtfertigen. Dort drüben bestand der Ausnahmezustand, das Kriegsrecht — mit allen dazugehörenden Lügen der Propaganda.

Er lebte im Osten und war also ein feindlicher Agent; das war es, was man den Leuten drüben weismachen wollte. Sie sollten begreifen, warum man auf unschuldige Menschen schoß, die ihr Leben retten wollten. Oder wollte man die große Vernichtungsaktion vorbereiten, die bei Überschreitung des Mississippi in östlicher Richtung einsetzen würde?

In den anderthalb Jahren seines Umherstreifens hatte er nicht ein einziges Mal einen Menschen getroffen, der ein feindlicher Agent sein konnte. Er hatte aber Hunderte von Männern und Frauen gesehen, die auf alle mögliche Art versuchten, am Leben zu bleiben, bis ihre Regierung kam, um sie zu retten. Sicher, die Kamine rauchten meist nur bei Nacht, um keine Plünderer herbeizulocken, und auch Mrs. Hoffmann hatte sich ihre Kochzeiten anders einteilen müssen. Hunde gab es natürlich auch nicht mehr, sie waren längst vor Beginn des Kannibalismus verschwunden. Aber Menschen gab es noch genug, wenn sie es auch aufgegeben hatten, bei jedem Flugzeuggeräusch aus dem Haus zu stürzen. Warum also versuchte man den Bewohnern der zweiundzwanzig westlichen Staaten zu erzählen, es lebten nur noch feindliche Agenten im verseuchten Gebiet?

Wozu Tausende von Soldaten, wenn auf der andern Seite des Flusses nur ein paar feindliche Agenten frei herumliefen? Gab es wirklich intelligente Menschen, die eine solche Lüge schluckten?

Dann die Fünfzehn-Kilometer-Zone, der sogenannte Todesstreifen. Hier lebten keine Zivilisten, und somit erfuhren diese auch nicht, was am Fluß alles geschah. Denn sie würden sich Gedanken machen, wenn eine alte Frau als Feindagent erschossen wurde. Oder der blöde Harry. Man wollte keine Leichen. Sie wurden alle in den Fluß gestoßen und trieben irgendwohin.

Doch eine Nachricht hatte seine besondere Aufmerksamkeit erregt: unter dem Pentagon gab es noch Überlebende, offiziell überlebende Amerikaner. Vielleicht sollte er sich im kommenden Frühjahr einmal um sie kümmern.

Also waren diese Kabel auf dem Grund des Flusses doch Nachrichtenkabel, anders war die Verbindung nicht zu erklären, es sei denn, man arbeitete per Funk. Man hätte aber auch diese Nachrichten unterdrücken können, es bestand also ein Grund dafür, daß man es nicht tat. Nun, er würde es vielleicht im Frühjahr wissen.

Stundenlang stand er dann in der Küche und fühlte wie nie zuvor, daß er einsam war. Er schaute durch das Fenster auf die verschneite Winterlandschaft hinaus, in eine Welt, die bereits zum Tode verurteilt war. Wolken bedeckten den Mond und kündigten neuen Schnee an.

Er unterbrach mehrere Male seine Wacht, verließ das Haus und machte seine Runden. Es wurde später und später, bis eine Station nach der andern ihre Sendungen einstellte und ihm eine angenehme Nachtruhe wünschte. Jedesmal suchte er dann eine neue Station, denn er fürchtete sich vor der plötzlichen Stille. Es kam ihm nicht zum Bewußtsein, daß er anderthalb Jahre ohne Musik ausgekommen war. Natürlich wurde nicht nur Musik gesendet, sondern auch Werbung. Einmal wurden die Hörer aufgefordert, alte Zeitungen und nicht mehr benötigte Metallteile an den dafür bestimmten Sammelstellen abzuliefern. Zwischendurch erklang Musik.

Einige der Liedertexte kamen ihm bekannt vor, und er entsann sich, sie selbst früher oft genug mitgesungen zu haben. Wenn er getrunken hatte, sang er gern. Die Musik und die Erinnerung an das Leben schmerzten, aber er konnte sich nicht dazu entschließen, das Gerät auszuschalten. Anderthalb Jahre sind eine lange Zeit.

Besonders jene Lieder, die eine Frauenstimme sang, vergegenwärtigten ihm seine augenblickliche Lage. Wie allein und einsam er doch war!

Er begann, mit sich selbst zu sprechen, machte sich auf dieses oder jenes aufmerksam und verfluchte sich schließlich. Hätte er weniger ausgiebig Geburtstag gefeiert vor achtzehn Monaten, dann säße er jetzt nicht hier. War nicht alles seine eigene Schuld? Wem wollte er einen Vorwurf machen — außer sich selbst?

Für ihn war die Welt untergegangen, jetzt wußte er es endgültig.

Irma! Ja, so hatte sie geheißen. Den Nachnahmen hatte er vergessen, aber war der denn so wichtig? Die Bomben hatten sie überrascht, als sie einen Ausflug außerhalb der Stadt gemacht hatte. Die Katastrophe hatte ihr Gelegenheit gegeben, ihren größten Wunsch zu erfüllen: Juwelen! Neunzehn Jahre alt war sie gewesen, und er hatte allen Grund, es ihr zu glauben. Wie sechzehn hatte sie ausgesehen. Er entsann sich ihrer blauen Augen, die ihn angstvoll angestarrt hatten, als er sie beim Diebstahl der Juwelen überrascht hatte. Die Haare? Braun vielleicht, er wußte es nicht mehr genau.

Sie hatten zusammen aus einer Konservendose gegessen, entweder auf der Straße vor einem Geschäft sitzend, auf dem Hotelbett oder hinter dem Steuer des Wagens. Sie waren gute Kameraden gewesen, bis sie sich vor der Brücke getrennt hatten.

Er hatte damals eine große Dummheit gemacht, denn es wäre besser gewesen, sie wären zusammengeblieben. Irma war ein hübsches Mädchen damals — und sie würde es auch heute noch sein, wenn sie noch lebte. Knapp einundzwanzig wäre sie heute. Wie mochte es ihr ergangen sein?

Und nach Irma?

Das Mädchen, das in den Bergen von Tennessee zu ihnen

gestoßen war, diese Sally. Einen andern Namen hatte sie nicht besessen, bloß einfach Sally. Ganz kurz dachte er über das Problem nach, wer nun eigentlich einen Sohn hatte: er oder Oliver. Aber sonst hatte Sally bei ihm keinen bleibenden Eindruck hinterlassen, ebensowenig wie jene Frau in New Orleans, von der er sogar den Namen nicht mehr wußte.

Drei Frauen also hatte er in anderthalb Jahren kennengelernt.

Die Welt war untergegangen. Ein Blick aus dem Fenster schien ihm das zu bestätigen. Würde es für ihn wieder einmal eine Welt geben, eine richtige, lebendige Welt?

Hinter ihm sang eine Frauenstimme ein sentimentales Lied. Ihre Stimme kam über die weite Leere, in der nur die Schnellen und Starken noch lebten, alle anderen aber schon tot waren. Gary hatte plötzlich eine fast irrsinnige Idee, und sie bereitete ihm Vergnügen.

Was wäre, wenn er jetzt ein Telefon hier hätte, ein richtiges und funktionierendes Telefon? Er würde die Sendestation anrufen und den Ansager bitten, ein bestimmtes Lied zu spielen.

»Was?« würde der Ansager erstaunt ausrufen, wenn er erführe, von wo aus der Anruf käme.

»Ich sagte«, würde Gary wiederholen müssen, »daß ich von Wisconsin aus anrufe. Ich möchte das Lied hören.«

»Aber Sie leben ja gar nicht!« würde der verblüffte Ansager behaupten, und Gary konnte sich sein Gesicht vorstellen. »Dort in Wisconsin lebt kein Mensch mehr!«

»Es leben noch genug Menschen hier. Sie dürfen eben nicht alles glauben, was man Ihnen erzählt«, würde Gary ihn aufklären. »Nun, wie ist es? Spielen Sie ›Clementine‹ für mich? Oder vielleicht ›Auf der anderen Seite des Flusses‹? Das würde so gut zu uns passen.«

»Ich kann es nicht tun, denn Sie sind ja tot! Hören Sie, Judson May hat bekanntgegeben, daß Sie alle dort tot sind.«

»Der Teufel soll Judson May holen!« würde Gary fluchen. »Werden Sie das Lied spielen oder nicht?«

»Sie wollen mich auf den Arm nehmen, ich spiele das Lied nicht. Ich spiele nicht für Tote!«

Und er würde voller Ärger einhängen.

Vielleicht auch voll Angst und Schrecken.

Wenn die Polizei davon erfahren würde, erhielte der Ansager den Befehl, zu niemandem darüber zu sprechen. Und wenn doch etwas herauskäme, würde man einfach behaupten, ein feindlicher Agent sei auf der anderen Seite am Apparat gewesen. Feindliche Agenten waren schon immer eine ausgezeichnete Ausrede. Man würde den Zwischenfall bedauern und versichern, er könne sich nicht mehr wiederholen. Westlich des Mississippi hatte alles sauber und steril zu bleiben. Und wenn man die eigenen Leute vom Ostufer auf den Brükken erschoß.

Er stand mit dem Rücken gegen die Scheune gelehnt und fror. Die Dämmerung kroch langsam die fernen Hügel hoch, und der Himmel färbte sich fahl. Es war sehr kalt, und die schweren Wolken zogen tief über dem frostigen Schnee dahin.

Gary zündete sich die alte Pfeife an, die Hoffmann ihm geschenkt hatte. Es mußte selbst angebauter Tabak sein, denn er schmeckte scharf. Immerhin besser als nichts.

Vor ihm senkte sich das Gelände zum Fluß hinunter. Deutlich erkannte Gary die Spur, die der Fremde in der Nacht hinterlassen hatte, als er den Hügel heraufgekrochen war. Die Umwege zeichneten sich ab, zu denen ihn der Draht gezwungen hatte. Bis hin zur Scheune führte die Spur, wo sie plötzlich endete. Dann war da nur noch seine Spur, die hin zum Fluß und zurück führte.

Er schauderte zusammen vor Kälte.

Aber nicht nur wegen der Kälte.

Eines Tages würde eine gewaltige Armee den Mississippi in ganzer Breite überschreiten und das Land überrennen. Kein lebendes Wesen würde von ihnen verschont werden, denn wer noch östlich des Flusses lebte, war ja ein Feind.

Alle würden sterben müssen — Hoffmann, seine Frau, der Junge, Sandy. Wenn die Truppen kämen, würden sie ihnen entgegeneilen, voller Freude und Glück. Und dann würden Schüsse aufpeitschen und alle ihre Hoffnungen zerstören.

Olivers Idee von der Hilfe, die man ihnen eines Tages zuteil werden ließe, war nichts als ein Traum gewesen. Wie hatte er noch gesagt?

»Es hängt alles nur davon ab, wie schnell die Medizin drüben voranschreitet, und wie lange es dauert, bis man ein Gegenmittel gefunden hat. Dann werden die Brücken geöffnet.«

So oder ähnlich hatte er prophezeit. Auch an Patrouillen hatte er geglaubt, die Proben aus dem verseuchten Land holen würden, um das Gegenmittel schneller zu finden.

Wie brutal würden sie alle aus einem Traum erwachen, wenn der Tag der erhofften Befreiung anbrach! Besonders die Hoffmanns, die sich an ihren Besitz klammerten und ihn bis heute erfolgreich verteidigt hatten. Nein, Gary wollte nicht dabei sein, wenn es geschah. Und es würde geschehen, das wußte er jetzt. Nein, nicht noch einmal wollte er das Entsetzen in Sandys Gesicht erblicken!

Tausend Meilen wollte er entfernt sein, wenn der Tag kam. Dabei würde Sandy erst in sieben Jahren neunzehn alt sein . . .

Erst jetzt bemerkte er, daß es schon schneite. Er trat ein wenig zur Seite und blickte hinüber zum Wohnhaus. Leichter Rauch kräuselte sich aus dem Kamin. Mrs. Hoffmann bereitete das Frühstück. Anschließend würde sie das Feuer löschen. Das war eine übertriebene Vorsichtsmaßnahme, jetzt, wo es so dicht schneite. Aber konnte man heute nicht vorsichtig genug sein?

Er fühlte den Hunger und begann, auf das Haus zuzuschreiten. Mit einem letzten Blick stellte er befriedigt fest, daß die Spuren, die in der Nacht hinterlassen worden waren, allmählich verschwanden.

Sobald der Frühling kam, würde er die Hoffmanns verlassen. Er wollte nach Washington, um sich die letzten offiziellen Überlebenden anzusehen. Die letzten lebenden Amerikaner, wie Judson May gesagt hatte.

Zur Hölle mit dem Kerl!

10

Der Himmel über ihm war strahlend blau.

Es war Sommer in Ohio, oder wo immer er auch sein mochte. Sämtliche Wegweiser waren verschwunden, wahrscheinlich hatte man sie verfeuert, und die Städte hatte er tunlichst gemieden. Aber was machte das schon? Wenn er sich einbildete, in Ohio zu sein, dann war er eben in Ohio.

Er lag in dem hohen Gras auf dem Rücken und schaute zu den wenigen weißen Wölkchen hoch, die langsam über ihn hinwegzogen. Eine Ameise kroch über seine Hand, aber er war zu faul, um sie abzustreifen. Wie schön war der Himmel, die ziehenden Wolken und das hohe Gras!

An sich hatte er schon früher in dieser Gegend sein wollen, aber der Abschied von Sandy und ihren Leuten war schwerer gewesen, als er befürchtet hatte. Sie wollten ihn nicht gehen lassen. Erst als er hoch und heilig versprochen hatte, im Herbst wiederzukommen, ließ man ihn ziehen.

Gary sah den Wolken nach und bezweifelte stark, daß er sein Versprechen würde halten können.

In sechs oder sieben Jahren vielleicht würde er gern die Hoffmanns einmal besuchen, um zu sehen, was aus Sandy geworden war. Das würde sich lohnen. Aber schon jetzt, in diesem Jahr? — Nein, niemals!

Diesen Winter würde er an der Golfküste verbringen, eine Einladung wartete noch auf ihn. Einen kurzen Besuch würde er Oliver und Sally abstatten und dann irgendwo an der Küste von Florida überwintern. Zu frieren brauchte er dort nicht, und Hunger gäbe es auch keinen, solange noch ein Fisch im

Ozean war.

Ohio war so ruhig, so angenehm und so friedlich in diesem herrlichen Sommer, daß er kaum aufhorchte, als in der Ferne Schüsse erklangen. Was ging ihn das an? Er war weit genug weg, sie bedeuteten also keine unmittelbare Gefahr für ihn.

Dann ratterte ein Maschinengewehr, und er sprang auf die Füße.

Maschinengewehre? Nur Soldaten konnten eine solche Waffe besitzen, denn wer schleppte sich schon mit so einem schweren Ding ab? Soldaten aber konnten bedeuten . . .

Er begann zu laufen, auf das ferne Geknatter zu.

Soldaten konnten bedeuten, daß der Angriff begonnen hatte, der Angriff auf das verseuchte Land. Die Armee hatte den Mississippi überschritten und war dabei, alles Leben zu vernichten.

Er übersprang einen rostigen Drahtzaun.

Dabei stieß er Flüche aus und hoffte, daß es noch nicht soweit war, daß die Armee noch nicht gekommen war, um das verseuchte Land zu besetzen. Sicher, das Land war tot und grausam, es war leer und fast ohne Menschen; aber plötzlich liebte er es, und wollte es unter keinen Umständen aufgeben müssen. Er vergaß, daß er das Land und sich selbst oft genug verflucht hatte, daß er auf die andere Seite gewollt und auch dieses bald aufgegeben hatte. Lieber weiter in einer fast toten Welt um sein Leben kämpfen, als gleich erschossen zu werden. Er war gerade einunddreißig Jahre alt geworden; er war noch zu jung, um zu sterben.

Das Schießen war lauter geworden, und dann warf er sich zu Boden. Die letzten Meter kroch er durch das hohe Gras, das ihm die Sicht nahm. Auf dem Rücken des kleinen Hügels angekommen, schob er den Lauf seines Gewehrs vor und teilte damit das Gras, um etwas sehen zu können.

Unten im Tal war eine gewundene Straße. Auf ihr standen zwei nicht sehr große Lastwagen, das war alles. Die grüne Tarnfarbe verriet, daß es sich um Fahrzeuge der Armee handelte. Sie ähnelten ein wenig dem Geldtransporter, den er damals mit Oliver benutzt hatte.

Der vordere der beiden Wagen stand ein wenig schräg. Es sah so aus, als habe man seine Reifen zerschossen. Aus der Rückwand des zweiten ragte der Lauf des Maschinengewehrs hervor. Nicht weit entfernt lag auf der Straße unbeweglich ein Mann.

Aus kleinen Scharten der gepanzerten Fahrzeuge krachten Karabinerschüsse. Aus den nahen Bergen kam die Antwort.

Die Kühler beider Wagen zeigten nach Westen, in Richtung Mississippi.

Gary überlegte keine Sekunde.

Er begann, unter Ausnutzung des unübersichtlichen Geländes, auf die Straße zuzurennen. Immer wieder warf er sich hin und suchte Deckung. Es war ihm klar, daß man ihn von den Wagen aus sehen konnte, aber trotzdem fiel kein Schuß in seine Richtung. Hatten sie seine Art, vorzuspringen und erneut Deckung zu suchen, erkannt? Wußten sie, daß auch er ein Soldat sein mußte?

Dann endlich entdeckte er nicht weit vor sich fünf Männer, die hinter vereinzelten Felsen lagen und aus ihrer sicheren Deckung heraus die beiden Armeefahrzeuge beschossen. Sie hatten ihn nicht kommen hören, und er schlich sich noch näher an sie heran.

Einer der fünf Männer lag ganz still und rührte sich nicht.

Gary ließ sich zu Boden sinken, hob das Gewehr und eröffnete das Feuer auf sie.

Einer der vier Männer sank sofort zu Boden, die anderen drei sprangen erschrocken auf und ergriffen die Flucht. Sie konnten ja nicht wissen, wie groß die Übermacht war, die sich in ihrem Rücken angeschlichen hatte. Als sie rannten, gerieten sie genau in die Garbe des aufbellenden Maschinengewehrs.

Sie fielen nach wenigen Sprüngen und blieben liegen.

Das MG verstummte, und Gary konnte die plötzliche Stille

fast körperlich fühlen. Er blieb in seiner Deckung liegen und rief in Richtung der Wagen:

»Nicht mehr schießen!«

Irgend jemand antwortete:

»Rauskommen, mit erhobenen Händen!«

Langsam und vorsichtig kam er aus seiner Deckung. Das Gewehr behielt er in der Hand, während er zögernd das letzte Stück bis zur Straße hinunterging. Hier blieb er stehen und betrachtete erwartungsvoll die beiden Männer, die ihm aus dem Seitenfenster entgegensahen.

»Das Gewehr fallen lassen!«

Gary zögerte.

»Nicht eher, als bis ihr mir versprecht, mir den Rücken frei zu halten. Ich möchte nicht von hinten erschossen werden.«

»Wir passen schon auf. Nun, wird's bald?«

Gary legte sein Gewehr auf den Boden vor sich.

»Wer sind Sie?«

»Corporal Russell Gary, fünfte Division in Chicago.«

Ein dritter Mann erschien am Fenster. Er hatte einen Stahlhelm auf, der vorn einen weißen Streifen trug. Ein Offizier.

»Haben Sie Ihren Ausweis bei sich, Corporal?« fragte er mißtrauisch.

»Selbstverständlich, Sir«, entgegnete Gary und zog sein Soldbuch aus der Tasche. Er hatte es, zusammen mit der Erkennungsmarke, stets sorgfältig aufbewahrt. Der Offizier sah sich beides aufmerksam aus der Entfernung an, ehe er sagte:

»Ich habe Ihnen zu danken. Sie haben uns aus einer wirklichen Klemme geholfen. Sind Sie allein?«

»Ja, Sir.«

Der Offizier schwieg, als dächte er über etwas nach. Einer der ihn begleitenden Soldaten schlug vor:

»Fragen Sie ihn nach Chicago, Sir.«

»Bombardiert!« gab Gary sofort Auskunft. »Atombomben. Die ganze Stadt ist nur noch radioaktive Asche.«

»Wie konnten Sie entkommen?«

»Ich war abkommandiert nach dem Süden, wo es nicht so schlimm war.« Er überlegte einen Augenblick, und fuhr dann fort: »Das ganze Land wurde zerstört, Sir. Bomben und Seuche. Mehr als ein paar tausend Menschen können nicht mehr am Leben sein.«

»So viele? Sind Sie sicher?«

»Ganz sicher, Sir. Ich habe die ganze Gegend zwischen Chicago und Florida abgegrast und bin immer wieder Menschen begegnet. Aber im Winter werden viele umgekommen sein.«

»Hol mich doch der Teufel! Man sagte uns . . .«

»Sir?«

Der Offizier räusperte sich.

»Well, Corporal, ich danke Ihnen nochmals. Wir werden jetzt die zerschossenen Reifen auswechseln und dann weiterfahren.«

»Sir?«

»Ja?«

»Ich habe gedacht, Sie könnten mich vielleicht mitnehmen.«

»Ausgeschlossen! Sie sind verseucht. Haben Sie deshalb auf Ihre Leidensgefährten geschossen? Ich kann Sie belobigen, aber mehr kann ich für Sie nicht tun.«

Gary starrte ihn an; sein Gesicht war eine sorgfältig gezogene Grimasse der Enttäuschung.

»Ich kann nicht — Sie können mich nicht —?«

Unruhig scharrte Gary mit den Füßen im Staub der Straße.

»Haben Sie etwas zu essen für mich, Leutnant?«

»Wir haben nichts übrig, Corporal. Und nun verschwinden Sie, wir müssen die Reifen auswechseln.«

»Das kann ich für Sie tun«, erbot sich Gary hastig. »Vielleicht geben Sie mir etwas zu essen dafür. Bitte, Leutnant!«

Der Offizier zögerte immer noch, aber er betrachtete den ausgemergelten Körper Garys. Dann endlich nickte er.

»Na gut. Wir haben selbst nur wenig, aber Sie haben es noch nötiger. Aber zuerst die Reifen — oder ist es nur einer?«

»Nur einer, Sir. Geben Sie mir den Wagenheber und das Reserverad.«

»Wir werfen Ihnen beides heraus. Kommen Sie nicht näher, Sie sind verseucht.«

Gary trat zurück und wartete, bis Reifen und Wagenheber auf die Straße fielen. Dann machte er sich an die Arbeit. Er schob den Wagenheber unter die vordere Achse und begann, den Hebel hin und her zu bewegen, bis das Rad frei in der Luft schwebte.

»Beobachten Sie die Umgebung, Leutnant«, warnte er zwischendurch. »Ich möchte nicht, daß man mir eins auf den Pelz brennt.«

»Keine Sorge, wir passen schon auf.«

Gary fühlte eine irrsinnige Hoffnung in sich emporsteigen, aber er hütete sich, seinem mißmutigen Gesicht einen andern Ausdruck zu geben.

Die Männer in den beiden Fahrzeugen gehörten zu den überlebenden Leuten in Washington, das stand fest. Sechs Personen, in jedem Fahrzeug drei. Sie hatten die lange Fahrt gewagt, hatten die Fahrzeuge vollgeladen mit Lebensmitteln und Waffen, Munition und Schutzanzügen. Ihr Ziel war das Westufer des Mississippi.

Aber sie kannten das Land und das Leben darin nicht, denn sonst würden sie ihm nicht so blindlings vertrauen. Sie nahmen ihn nicht mit, wollten ihn zurücklassen.

Er schraubte das Reserverad fest und drehte dann die Ventilkappe ab. Er drückte sie gegen das Ventil, bis ein leises Zischen zu hören war. Dann erst richtete er sich auf.

»Wollen Sie den Wagenheber zurückhaben, Leutnant?« fragte er.

Der Offizier zögerte. Daran hatte er nicht gedacht. Wenn der Mann verseucht war, dann war es jetzt auch der Wagenheber. Aber es konnte sein, daß man ihn wieder benötigte. Also befahl er:

»Legen Sie ihn hinten in den Wagen.«

Gary nickte und schritt zur Rückseite des Fahrzeugs. Die Tür wurde geöffnet, und er hob das schwere Instrument in die Höhe. Als er näherkam, starrte er in die Mündung des MGs. Dahinter saß ein Soldat und rauchte eine Zigarette. Der Duft hätte Gary wild machen können, wenn er sich nicht beherrscht hätte.

»Reinlegen!« sagte der Soldat.

»Schon gut«, brummte Gary und legte den Wagenheber auf den Boden neben das Maschinengewehr. Dann trat er zurück, einen verlangenden Blick auf die qualmende Zigarette werfend.

Der Soldat schloß die Tür.

»Danke, Corporal«, ließ sich die Stimme des Offiziers vernehmen. »Sie haben heute Ihrer Regierung einen großen Dienst erwiesen, und ich werde Sie in meinem Bericht erwähnen.«

»Danke, Sir. Was ist mit Lebensmitteln?«

»Ach so, ja.« Er beugte ich zurück und kam dann wieder zum Vorschein. Zwei Dosen warf er Gary zu. »Mehr kann ich Ihnen nicht geben, so leid es mir tut.«

»Danke. Und noch etwas, Leutnant: halten Sie sich während der Nacht von den Städten fern, dort gibt es Räuberbanden. Bleiben Sie in der offenen Landschaft, dann kann Ihnen nicht viel geschehen.«

»Werden wir machen, Corporal. So, und nun heben Sie Ihre Waffe erst dann auf, wenn wir ein Stück entfernt sind.« Er ließ den Motor an und setzte das Fahrzeug in Bewegung. »Alles Gute, Corporal!«

Die beiden Wagen rollten davon.

Die hintere Tür öffnete sich noch einmal, und der Maschinengewehrschütze schaute heraus.

»Hier, du armes Schwein!« rief er und warf eine Packung Zigaretten heraus. Gary gab keine Antwort, aber in seinen Augen war ein Glitzern.

Er wartete, bis die Fahrzeuge weit genug entfernt waren,

dann bückte er sich nach den beiden Konservendosen, seinem Gewehr und den Zigaretten.

Mit wenigen Sätzen war er dann in den nahen Büschen abseits der Straße verschwunden.

Wenn er die Schnelligkeit, mit der die Luft aus dem Reifen entwich, richtig abgeschätzt hatte, würde er den Konvoi einholen können, wenn die Nacht hereingebrochen war.

Es kam jetzt nur noch darauf an, welchen Lagerplatz sie sich aussuchten.

Rückseite an Rückseite standen die beiden Wagen geparkt. Es war einer jener alten Lagerplätze für Touristen, wenige Meter abseits der Straße. Eine Baumgruppe bot Schutz gegen Wind.

Drei Holztische standen dicht dabei. Man mußte wohl vergessen haben, sie zu verbrennen, denn Holz war knapp in diesem Buschgelände. Eine eingefaßte Quelle lieferte ständig frisches Trinkwasser.

Gary hätte die geparkten Fahrzeuge übersehen, wenn er nicht sehr scharf aufgepaßt hätte und nur langsam am Rand der Straße entlang gegangen wäre. Aber die Ausfahrt hatte ihn auf den Parkplatz aufmerksam gemacht.

Er hockte versteckt in einem Gebüsch, nicht weit von dem kleinen Konvoi entfernt, und überlegte, wie es ihm am besten gelingen könnte, beide Fahrzeuge in seine Gewalt zu bekommen.

Viel Ahnung von Kriegführung hatte die Besatzung auf keinen Fall, sonst wäre er bereits entdeckt worden. Immerhin gab er sich nicht der Hoffnung hin, daß sie so dumm waren, sich einfach ihre Fahrzeuge abnehmen zu lassen. Jedenfalls hatten sie in jedem der beiden Wagen eine Wache. Er konnte das am gelegentlichen Aufflammen eines Streichholzes feststellen. Die anderen schliefen sicher auf dem Boden in der rückwärtigen Kabine, die genügend Platz bot.

Ein plötzliches Geräusch ließ ihn zusammensinken. Eine

der beiden Wachen kurbelte das Fenster herunter und rief seinem Kameraden im andern Wagen etwas zu. Obwohl er sich dabei bemühte, möglichst leise zu sprechen, konnte Gary jedes Wort verstehen.

»Hallo, Jackson!«

»Ja?« Das Gesicht des andern Soldaten erschien ebenfalls im Wagenfenster.

»Wieviel Uhr ist es? Meine Uhr ist stehengeblieben.«

»Kurz vor Mitternacht.«

»Also Ablösung! Wecken wir die Burschen.«

»Ich bin auch fast am Einschlafen.«

Es folgten einige leicht zu erklärende Geräusche in beiden Wagen. Dabei mußte man wohl etwas zu laut verfahren sein, denn es wurde jemand wach, der keine Wache hatte. Gary bemerkte erst jetzt, daß auch unter den Fahrzeugen jemand schlief. Wahrscheinlich eine Vorsichtsmaßnahme, um einen eventuellen Angreifer zu überraschen.

»Was ist denn da oben los?« fragte jemand, dessen Stimme Gary bekannt vorkam. Der Mann steckte den Kopf zwischen den Rädern hervor.

»Mitternacht, Leutnant. Die Wache wird abgelöst.«

»Warum dann der Krach? In Zukunft mehr Ruhe dabei, wenn ich bitten darf!«

»Sehr wohl, Leutnant.«

Der Offizier legte sich auf seinen Platz zurück, rollte aber unruhig hin und her, bis er plötzlich aus seinem Versteck hervorkam.

»Ich werde eine Runde machen«, sagte er zu seinen Leuten und begann, genau auf die Stelle zuzuschreiten, an der Gary sich versteckt hielt.

Gary ließ den Mann vorbeigehen und sprang dann geräuschlos auf. Blitzschnell griff er zu, mit beiden Händen.

Kurze Zeit später schritt Gary einfach auf die Lichtung hinaus und näherte sich den Wagen. Er ließ sich zu Boden sinken und rollte auf den Platz, an dem vorher der Leutnant gelegen hatte. Hier stieß er einen Seufzer aus und lag dann ganz still. Seine rechte Hand umklammerte die Pistole, die er dem Leutnant abgenommen hatte. Über ihm zündete sich der neue Wachtposten eine Zigarette an.

Gary machte den zweiten Schläfer unschädlich, so daß nur noch vier Soldaten übrigblieben. Aber eine weitere halbe Stunde benötigte er dazu, um an den hinter dem Steuer sitzenden Wachtposten im ersten Wagen heranzukommen. Der Mann hatte das Fenster offen und rauchte. Besonders aufmerksam war er nicht, sonst hätte er Gary hören oder sehen müssen. Er gab keinen Laut von sich, als der Griff der schweren Automatic mit aller Wucht auf seinen Hinterkopf prallte. Gary fing den Zusammensinkenden gerade noch rechtzeitig auf, ehe er mit der Brust den Hupenknopf berühren konnte.

Der eben abgelöste Posten schlief geräuschvoll im hinteren Teil der Kabine. Sekunden später war sein Zustand nur noch mit großer Phantasie als schlafend zu bezeichnen.

Aus dem zweiten Wagen drang kein Geräusch herüber. Alles war still.

Was Gary notwendig benötigte, waren einige lebenswichtige Informationen über die Brücken und die Verhältnisse auf der andern Seite des Flusses. Wenn er den Fluß überqueren wollte, mußte er wissen, was ihn am andern Ufer erwartete.

Mit einem plötzlichen Entschluß drehte er sich um und ging, ohne das geringste Anzeichen von Unsicherheit, auf den zweiten Wagen zu.

Ein Kopf wurde aus dem Fenster gestreckt.

»Mensch, sei ruhig! Willst du, daß uns der Leutnant zurechtstaucht?«

Gary hielt ihm die Pistole unter die Nase.

»Aussteigen, aber dalli!«

Die aufgerissenen Augen des andern starrten ihn entsetzt an.

»Was, zum Teu . . .!«

»Aussteigen! Und keinen Laut mehr, sonst kracht's!«

Der Soldat öffnete die Wagentür und kletterte ins Freie.

»Nicht schießen!« bat er flehend.

»Hole deinen Kameraden auch heraus, schnell!«

Der Soldat klopfte gegen die Wandung des Wagens, und Sekunden später erschien das schläfrige Gesicht des zweiten Insassen in der offenen Tür.

»Was ist denn nun schon wieder los?«

Was los war, sah er sofort, als er in die schwarze Mündung der Pistole blickte. Zögernd kam er aus dem Wagen und stellte sich neben seinen Freund, ebenfalls die Arme erhoben und die Hände über dem Kopf verschränkt.

»So und nun könnt ihr euch eine von zwei Möglichkeiten aussuchen«, begann Gary sein Verhör. »Ihr erzählt mir alles, was ihr wißt, oder ihr seid in weniger als einer Minute tote Helden der Nation.«

»Ich weiß nichts!«

»So, du weißt also nicht, wohin ihr fahrt?« fragte Gary sarkastisch.

Die beiden wechselten einen Blick.

»Nun, wohin?«

Gary unterstrich seine Frage mit einer bezeichnenden Bewegung seiner Waffe. In seinen Augen war ein drohendes Funkeln.

»Bei Fort Madison ist noch eine Brücke intakt. Wir . . .«

Gary zögerte nicht. Er schlug dem Sprecher den Griff seiner Waffe erbarmungslos gegen die Schläfe. Der Mann sackte lautlos in sich zusammen. Sein Kamerad wagte nur einen kurzen Seitenblick auf den Zusammengesunkenen zu werfen.

Wie fasziniert starrte er Gary an.

»Die Brücke bei Fort Madison«, sagte dieser langsam, »wurde gesprengt. Ich frage also dich: was ist euer Reiseziel?«

»Nicht Fort Madison«, gab der Soldat bereitwillig Auskunft. »Aber die Brücke in der Nähe von St. Louis ist noch passierfähig. Sie nennt sich Felsenbrücke oder so ähnlich. Man erwartet uns dort.«

»Wer erwartet euch?«

»Das weiß ich nicht — nein, Ehrenwort, ich weiß es wirklich nicht! Vielleicht die Armee. Wir sollen dort nur diese beiden Wagen abgeben.«

»Was habt ihr geladen?«

»Goldbarren.«

»Gold? Das glaubst du doch wohl selber nicht.«

»Bestimmt, es ist Gold! Du kannst dich überzeugen. Drei Wagen hatten wir, aber einer ging im Gebirge verloren.«

»Wie?«

»Ein Überfall, wie heute nachmittag. Der Captain ist dabei gefallen.«

»Was will die Armee mit dem Gold?«

»Wenn ich das wüßte! Wir sollten es abliefern, mehr kann ich nicht sagen.«

Gary dachte darüber nach. Er ließ den Mann nicht aus den Augen. Schließlich meinte er:

»Was will man mit dem Gold? Hat es noch einen Wert? — Ihr seid ziemlich unerfahren, Freunde. Ich wundere mich, daß ihr überhaupt bis hierher gekommen seid. Wie geht es den anderen in Washington?«

Der Soldat sah ihn verwundert an.

»Wir sind nicht aus Washington. Wir kommen aus Fort Knox.«

Gary verbarg sein Mißtrauen nicht.

»Wie kommt ihr dann so weit nach Norden?«

»Keine Ahnung, ich gebe keine Befehle. Wir sollten der Bundesstraße 50 folgen, und das haben wir getan.« Er setzte hinzu: »Bis wir von euch Feindagenten aufgehalten wurden.«

Gary achtete nicht darauf.

»Und was würde geschehen, wenn ihr die Wagen an der Brücke abgeliefert habt?«

»Well, wir würden über die Brücke fahren und wären auf der andern Seite.«

»Haben sie euch das erzählt?«

»Ja, wenn wir nicht verseucht wären. An sich müßten wir die Schutzanzüge tragen, aber es war nicht auszuhalten. So erlaubte uns der Leutnant, sie abzulegen, solange wir nicht in Berührung mit feindlichen Agenten kämen. An der Brücke wird man uns untersuchen, und wenn wir sauber sind, können wir passieren.« Er betrachtete Gary forschend. »Ich danke Gott, daß du nicht verseucht bist. Wie konntest du es bis heute aushalten? Du bist doch von Anfang an hier?«

»Allerdings!« nickte Gary. Dann folgte seine nächste Frage: »Und was wird nun geschehen, da der Leutnant tot ist?« Er achtete nicht auf das Zusammenzucken des andern, sondern fuhr fort: »Ja, er ist tot, und die andern drei auch. Ihr beiden seid die einzigen, die das Abenteuer überlebt haben. Was also wirst du tun? Wie lauten deine Befehle in einem solchen Fall?«

Der Soldat gab keine Antwort. Er sah zu Boden und streifte seinen bewußtlosen Kameraden mit einem nachdenklichen Blick. Doch dann schien er aus der Frage neue Hoffnung zu schöpfen.

»Wenn ich das nur wüßte!« sagte er. »Der Leutnant hat zwar ab und zu ein paar Bemerkungen fallenlassen, aber nicht genug. Er hat Papiere bei sich, die ich lesen müßte. Das beste würde sein, zur Brücke zu fahren und zu berichten, was geschehen ist.«

»Könntest du das allein schaffen? Ich meine, ohne Offiziere? Kennst du das Losungswort?«

»Es gibt keins. Wir hätten einfach auf der Brückenmitte gehalten und gewartet, bis sie uns abgeholt hätten.«

Gary kräuselte die Lippen.

»Kommen nach euch noch weitere Transporte?« fragte er.

Der Soldat schüttelte den Kopf.

»Nicht eher, bis wir es geschafft haben. Wenn es mir also gelingen würde, das andere Ufer zu erreichen, würden weitere Transporte folgen.«

»Ich verstehe nicht, warum man euch keine Begleitmannschaft mitgegeben hat. Man weiß doch, was diesseits des Flusses los ist.«

»Corporal«, lachte der Soldat bitter, »wen hätte man uns mitgeben können? Die meisten unserer Leute wurden bei der Katastrophe getötet, durch Bomben oder durch die Seuche. Seitdem leben wir in der unterirdischen Festung Knox. Wir haben mehr Fahrzeuge als Männer.«

Er schwieg.

Gary dachte nach. Vielleicht würde es dem Soldaten wirklich gelingen, das andere Ufer zu erreichen. Sein Entschluß war gefaßt.

»Ich denke«, sagte er, »es ist besser, wenn wir den Leutnant mitnehmen. Er liegt drüben zwischen den Bäumen. Hol ihn!«

»Aber . . .«

»Los, hol ihn!« Gary machte eine Bewegung mit der Waffe.

Der Soldat ging voran, Gary dicht hinter ihm. Sie legten den schlaffen Körper des Offiziers in den Laderaum, zwischen die Holzkisten.

»Dann können wir also. Wie steht es mit Benzin?«

»Vollgetankt! Wir haben eigene Reservekanister dabei.« Der Soldat warf Gary einen schiefen Blick zu. »Die Sache mit dem Reifen war ein gemeiner Trick.«

Garys Grinsen verlor sich in der Dunkelheit.

»Ich werde den einen Wagen fahren. Kannst du mit dem andern nachkommen?«

»Natürlich, aber du wirst doch nicht . . .?«

»Was geht es dich an, was ich mache? Der Leutnant wird mich sicher über die Brücke bringen. Du kannst mir folgen, wenn du willst. Aber du wirst nur dann leben, um den Mississippi zu sehen, wenn du schnell bist und immer zuerst schießt. Ich persönlich würde dir aus langer Erfahrung raten, nach Süden zu ziehen.«

»Du wirst niemals über den Fluß kommen, Buddy! Ich werde dir folgen und den Soldaten erzählen . . .«

Gary lachte laut auf und näherte sein Gesicht dem des anderen.

»Du kannst mir ruhig folgen, aber du wirst ihnen nichts erzählen können. Scheinbar hast du noch nicht begriffen. Ich bin ein Soldat aus Fort Knox, du aber, Freund, bist ein feindlicher Agent.«

Er schlug ihm mit der Handkante gegen die Halsschlagader.

Dann riß er die Verteilerkappe und die Zündkabel aus dem Motor des zweiten Wagens, zerschmetterte den Vergaser und warf die Zündschlüssel weit in die Büsche. Er zerrte schließlich den Toten zwischen den Rädern hervor und zog ihm die Uniform aus. Sie würde ihm einigermaßen passen. Ebenso nahm er ihm Soldbuch und Erkennungsmarke ab, um die Verwandlung zu vervollständigen.

Mit einiger Mühe untersuchte er den Inhalt des Wagens, den er für die Fahrt auswählte, und fand genügend Konserven, Waffen, Munition, das Maschinengewehr und einige Benzinkanister.

Befriedigt setzte er sich hinter das Steuer und ließ den Motor an. Ohne Licht lenkte er das Fahrzeug auf die Straße und rollte langsam in Richtung Westen davon.

Irgendwo in Illinois hielt Gary an, kletterte aus dem Wagen und nahm das Maschinengewehr mit. In einiger Entfernung setzte er die Waffe ab und begann, den Wagenaufbau mit Geschossen zu durchsieben. Er achtete darauf, keine wichtigen Teile zu treffen.

Als das Fahrzeug schließlich aussah, als wäre es zwischen zwei erbittert kämpfenden Fronten durchgefahren, brachte er das MG wieder in den Laderaum zurück. Er zog sich aus und warf seine Sachen, zusammen mit Soldbuch und Erkennungsmarke, in die nahen Sträucher. Die erbeutete Uniform paßte einigermaßen. Die Erkennungsmarke hängte er sich vorschriftsmäßig um den Hals. Er hieß von nun ab Forrest Moskowitz. Mehrere Male las er die Nummer der Erkennungsmarke, um sich die Zahl einzuprägen. Auch die Papiere des toten Leutnants kannte er. Man würde erwarten, daß er sie — und wenn nur aus Neugier — gelesen hatte, nachdem der Captain gefallen war.

Nun konnte nicht mehr viel geschehen, es sei denn, jemand an der Brücke kannte Fort Knox gut.

Er steckte schließlich die Leiche des Leutnants in einen der weißen Schutzanzüge und zog sich selbst einen an. Dann erst startete er und fuhr weiter.

Der Wagen näherte sich der Felsenbrücke über den Mississippi.

Nun waren es fast zwei Jahre her seit jenem Tag, da er betrunken im Hotel aufgewacht war und die Welt inzwischen ihr Gesicht verändert hatte. Zwei Jahre lang hatte er von der Hand in den Mund gelebt, mit einer vagen Hoffnung auf eine ungewisse Zukunft. Zwei Jahre des Umherwanderns, des Jagens, des Gejagtwerdens und des Tötens. Wie viele Menschen hatte er getötet, um selbst leben zu können. Er wußte es nicht mehr.

Doch zum Teufel mit allen Erinnerungen, guten und schlechten. Das alles lag nun hinter ihm, vor ihm aber lag die Brücke.

Langsam und vorsichtig näherte er sich ihr. Zur Mitte zu ging es ein wenig bergauf, und seine Geschwindigkeit wurde noch geringer. Er fühlte einen würgenden Knoten im Magen und spürte plötzliche Angst. Hinter ihm war das Land, das er kannte und in dem er zu leben wußte.

Vor ihm aber war nichts als Ungewißheit. Panik ergriff ihn, und er wäre am liebsten aus dem Wagen gesprungen, um zurückzulaufen. Aber er kämpfte diese Regungen nieder und fuhr weiter.

Genau da, wo sich die imaginären Grenzen von Illinois und Missouri berührten, warteten zwei Panzer auf ihn. Sie standen in der Mitte der Brücke und blockierten die Straße.

Er hielt seinen Wagen an und starrte in die großen Mündungen der auf ihn gerichteten Kanonen. Aufs neue fühlte er Angst und Schrecken in sich emporsteigen, aber er bekämpfte seine Schwäche, indem er sich sagte, diese gleichen Kanonen würden ihn schützen.

Langsam stieg er aus dem Wagen und hob einen Arm zum Gruß, erhielt aber keine Antwort. Gern hätte er geraucht, aber der Schutzanzug hinderte ihn daran.

Vom andern Ende der Brücke her kam ein Jeep herangerollt. Er fuhr an dem Panzer vorbei und hielt dicht vor ihnen. Mehrere Gestalten in Schutzanzügen sprangen heraus, Maschinenpistolen und Gewehre in den Händen. Sie gruppierten sich und kamen auf ihn zu. In knapp zehn Meter Entfernung bedeutete ihm der Anführer, zur Seite zu treten.

Gary verstand und wich zum Brückengeländer zurück, wo er stehenblieb und zusah, was sie machten.

Die Soldaten schlossen den Wagen ein, untersuchten zuerst das Fahrzeug von unten, ehe sie in den Laderaum eindrangen. Sie fanden den Leutnant und die Ladung.

Dann setzte sich einer der Soldaten hinter das Steuer und ließ den Motor an. Langsam rollte das Fahrzeug auf die Panzer zu, die Platz machten.

Der Rest der Gruppe winkte Gary zu, voran zu gehen.

Gary schritt an den Panzern vorbei und befand sich bereits im Staat Missouri. Hinter ihm schritten Soldaten der Armee, ihre Waffen auf seinen Rücken gerichtet.

Der Jeep hatte gewendet. Die Männer stiegen zusammen mit ihm ein, und der kleine Wagen fuhr auf das Ende der Brücke zu.

Nach zwei Jahren bitteren Kampfes hatte Gary sein Ziel erreicht.

Er befand sich auf der Westseite des Mississippi!

Ein Ziegelsteingebäude huschte vorbei. Früher mußte es eine Autobahnraststätte gewesen sein, ehe die Welt in zwei Teile gebombt wurde. Jetzt war es das Quartier der Brückenwache. Zwei Posten vor der Tür sahen dem Jeep nach, der von der Straße abbog und auf ein kleineres, massives Haus zufuhr.

Der Wagen hielt, und die Soldaten stiegen aus. Gary folgte ihnen. Gemeinsam betraten sie das Haus durch eine Stahltür, die sich hermetisch hinter ihnen schloß. Erst jetzt fiel Gary ein, was ihm an diesem Haus aufgefallen war: es besaß keine Fenster.

Sekunden später senkte sich von der Decke des Raumes ein dichter Nebel auf sie alle herab. Unwillkürlich wurde Gary erneut von Panik ergriffen. Wie wild begann er, um sich zu schlagen, aber einer der Soldaten klopfte ihm auf den Rücken. Er konnte nicht hören, was er unter der Schutzmaske sagte.

Und sofort begriff er, wo er sich befand. Es war eine Desinfektionskammer für die Truppen, die von Patrouille zurückkamen, die mit Dingen der andern Seite in Berührung gekommen waren. Hier wurden diejenigen desinfiziert, die erschossene Ostbewohner in den Fluß geworfen hatten.

Der Nebel hüllte ihn vollkommen ein.

Nach langen Minuten, die wie Stunden währten, saugten unsichtbare Ventilatoren das Gas wieder ab, und die Männer begannen, ihre Schutzkleidung abzustreifen.

Gary wollte ihrem Beispiel folgen, aber man hinderte ihn daran.

»Du mußt erst noch gründlich untersucht werden; laß den Anzug also noch solange an, bis wir draußen sind.«

Was sollte das nun wieder bedeuten? Gary fühlte erneut den Knoten im Magen. Aber er wartete, bis die anderen den Raum verlassen hatten, ehe er den Anzug auszog. Er stellte fest, daß die Uniform doch nicht so recht paßte.

Plötzlich öffnete sich die Tür wieder, und ein Militärarzt im weißen Kittel trat ein. Er sah Gary forschend an.

»An sich hätte ich einen Orden verdient«, brummte er ungehalten. »Es könnte doch sein, daß Sie die Seuche haben.«

»Es kann aber auch sein, daß ich sie nicht habe«, gab Gary zurück. »Nun beeilen Sie sich bitte. Die ganze Umgebung hier macht mich nervös.«

»Sie werden hier nicht eher herauskommen, bis die Untersuchung beendet ist. Geben Sie mir Ihren Arm!«

»Meinen Arm? Wozu das?«

»Geben Sie schon her, Mann! Ich benötige eine Blutprobe, um festzustellen, ob Sie Erreger darin haben.« Er stieß die Nadel durch die Haut, und Gary zuckte zusammen. »Welche Blutgruppe?«

»Wie soll ich das wissen?«

»Indem Sie auf Ihre Erkennungsmarke sehen, Sie Heini!« Der Arzt nahm die Erkennungsmarke und warf einen kurzen Blick darauf. »Ausgerechnet AB, eine sehr seltene Gruppe. Haben meist nur die Chinesen oder Ägypter. Sie heißen Forrest Moskowitz?«

»Das wissen Sie doch!« fauchte Gary ihn wütend an. »Beeilen Sie sich und bringen Sie was zu essen. Ich habe verdammt großen Hunger!«

»Schon gut, Mann«, sagte der Arzt und verschwand.

Gary setzte sich auf den Boden und begann, ernsthaft über seine Lage nachzudenken. Die Erkennungsmarke mit der eingestanzten Blutgruppe! Daran hatte er natürlich nicht gedacht. Überhaupt hatte er an so vieles nicht gedacht. Was geschah mit dem Leutnant? Er hatte ihn erwürgt und ihm erst danach den Schutzanzug angelegt. Keine sonstigen Verletzungen waren sichtbar. Was war mit seinem gut vorbereiteten Bericht von dem plötzlichen Überfall?

Es bestand immer mehr die Möglichkeit, daß er vor den Mündungen der Gewehre eines Exekutionskommandos landete.

Der Befehl für die sechs Soldaten aus Fort Knox, die Schutzanzüge nicht abzulegen, war nicht befolgt worden. Wenn er also zugab, der Offizier hätte den seinen abgelegt, sei erdrosselt worden, und er hätte ihn dann dem Toten wieder angezogen, so gab er damit gleichzeitig zu, daß auch er sich der Gefahr der Ansteckung ausgesetzt hatte.

Verdammt! Hätte er doch den Leutnant einfach liegen und verwesen lassen, dann hätte er jetzt eine Sorge weniger. — Verwesen! Eine plötzliche Hoffnung erfüllte ihn. Es war durchaus möglich, daß man dem Toten die Uniform gar nicht mehr ausziehen würde.

Aber da waren noch andere Schwierigkeiten.

Er kannte keinen aus der Besatzung von Fort Knox. Er kannte noch nicht einmal sich selbst — Forrest Moskowitz.

Die Tür öffnete sich, und der Arzt trat herein. In der Hand hielt er ein Tablett.

»Der Orden ist fällig, Sie falscher Ägypter!«

»Ich bin kein Ägypter!«

»Das sage ich ja gerade, Mann. Sie haben auch keine Blutgruppe AB, sondern ganz einfach 0. Vielleicht merken Sie sich das für die Zukunft.«

»Aber auf der Marke steht doch . . .«

»Die Marke —! Sie sind ziemlich spät eingezogen worden, was? Da kamen solche Irrtümer öfter vor. Ich wette, daß die Angaben bei jedem zwanzigsten nicht stimmen. Ist weiter nicht schlimm, sofern keine plötzliche Transfusion notwendig ist. Wenn man das falsche Zeug in den Körper bekommt, fällt der Vorhang, mein Lieber.«

»Vielleicht hat sich die Gruppe geändert?«

»Unsinn, die ändert sich genausowenig wie die Fingerabdrücke. Man wird damit geboren und stirbt damit. So, nun essen und trinken Sie! Das Ergebnis der Untersuchung kann nicht vor zwei oder drei Tagen herauskommen.«

»Warum eigentlich diese Untersuchung?«

»Um festzustellen, ob Sie die Seuche haben. Wenn Sie sie

tatsächlich haben ...« — er trat ein wenig zurück und wandte sich zum Gehen — »... bekomme ich doch einen Orden.«

Gary wußte, wie das Ergebnis der Untersuchung ausfallen mußte. Zu lange hatte er sich in dem verseuchten Land aufgehalten. Und so wartete er das Ergebnis gar nicht erst ab.

In der ersten Nacht unternahm er keinen Fluchtversuch, sondern lag still in der Desinfektionskammer und wartete. Wenn er nach Essen verlangte, brachte man ihm welches. Wollte er Wasser oder Zigaretten, so wurde ihm auch das nicht versagt. Draußen vor der Tür stand ein Posten, aber die Tür war nicht verschlossen. Scheinbar hielt man ihn für ungefährlich, sonst wäre man vorsichtiger gewesen.

Am zweiten Tag kehrte der Arzt zurück, brachte Papier und Schreibzeug mit, um Fragen zu stellen und die Antworten zu notieren. Zuerst wollte er einiges über seine Person wissen, kam dann aber sehr schnell auf den Transport zu sprechen. Er wollte erfahren, was aus den anderen beiden Wagen geworden sei. Gary verbarg seine Erleichterung und erzählte eine glaubhafte Geschichte. Dabei vergaß er nicht zu erwähnen, wie vielen Menschen sie begegnet waren. Der Arzt fiel darauf auch prompt herein.

»Menschen?« fragte er. »Amerikaner etwa, oder alles Agenten?«

»Agenten?« fragte Gary zurück. »Habe keine gesehen. In den Städten lebt überhaupt niemand, aber in den Dörfern und auf dem Land geht das Leben weiter. Immer dann, wenn wir durch solche Ansiedlungen fuhren, kam uns die Bevölkerung jubelnd entgegengelaufen, um uns zu begrüßen.«

»Aber drüben kann es doch keine Leute mehr geben, keine Amerikaner. Sie sind doch alle tot!«

Gary starrte ihn böse an.

»Warum sollte ich lügen?«

»Ja, warum?«

»Eben! Ich betone nochmals: das Leben geht weiter! Die

Äcker werden bestellt, wenn es auch nicht mehr viel Vieh zu geben scheint, denn ich sah viele Männer ihre Pflüge selbst ziehen.« Gary verbarg sein Grinsen, als der Arzt alles gewissenhaft notierte. »Trotz der provisorischen Ordnung streifen Räuberbanden durch das Land, weil sie zu faul zum Arbeiten sind. Eine erwischte uns.« Und er erzählte den Verlauf des Überfalls. Ehe er sich jedoch die Arbeit machte, den Tod des Leutnants ausführlich zu schildern, erkundigte er sich: »Erhielt unser Leutnant auch ein militärisches Begräbnis? Er hat es verdient.«

»Keine Gelegenheit«, gab der Arzt zu, und es war ihm sichtlich peinlich. »Sie haben ihn einfach in den Fluß geworfen. Man konnte ja nicht wissen, ob er verseucht war.«

In der folgenden Nacht flüchtete Gary.

Zuerst beabsichtigte er, den Posten nach einem Glas Milch zu schicken, aber dann sagte er sich, daß ein so kurzer Vorsprung nicht reichte. Er benötigte nicht bloß fünf Minuten, sich in Sicherheit zu bringen, sondern Stunden.

Also bat er den Soldaten, ihm Wasser zu bringen. Der Mann ging, ließ aber die Tür einen Spalt offen. Gary konnte die frische Nachtluft riechen. Als der Posten zurückkehrte und sich herabbeugte, um das Gefäß vor sich auf den Boden zu stellen, damit Gary es wegnehmen könne, sprang dieser überraschend auf und schlug den Ahnungslosen nieder. Er zerrte ihn in die Kammer und legte ihn, den Rücken der Tür zugewandt, an der gegenüberliegenden Wand nieder.

Sekunden später befand er sich im Freien und verschwand in der dunklen, stillen Nacht.

Er hatte einen Vorsprung von drei Stunden, denn eher war nicht mit der Ablösung zu rechnen.

Gary war in Zivil gekleidet, in einen schmutzigen Overall und einen ganz gewöhnlichen Sweater. Beides gehörte einem Farmer, dessen bewußtloser Körper nun in der Nähe seines

Hauses auf das Erwachen wartete. Auch einige Dollars hatte er ihm abnehmen können. Der alte Ford des Farmers hatte ebenfalls den Besitzer gewechselt. Gary fuhr mit ihm auf dem Highway in südlicher Richtung.

Als die Sonne aufging, war Gary mehr als 70 Kilometer südlich von St. Louis und weit außerhalb des Todesstreifens am Westufer des Mississippi.

Endlich war er frei, ein Zustand, den er sich seit zwei Jahren ersehnt hatte.

Mit Höchstgeschwindigkeit klapperte der Ford über die Straße. Nur aus den Augenwinkeln betrachtete Gary das langsam erwachende Leben rechts und links auf den vereinzelten Farmen oder in den Dörfern. Keine Banditen machten den Versuch, ihn aufzuhalten, keine Soldaten stellten sich ihm in den Weg. Er befand sich endlich wieder in einem gesunden, freien Land.

Doch weit hinter ihm war nicht alles so lebendig, wie er es sich vorstellte. Ein Soldat lag tot in der Desinfektionskammer, ein Militärarzt hauchte soeben im Lazarett sein Leben aus. Sein Körper hatte eine bläuliche Farbe angenommen. Der Alarm war sofort erfolgt, und das ganze Lager, das zu dem Wachkommando der Brücke gehörte, war isoliert worden. Strengste Quarantäne! Damit hatte man zwei Probleme zu lösen: zuerst einmal mußte der Bazillenträger erwischt und unschädlich gemacht werden, und zweitens war die Vernichtung einiger Dutzend Menschen vorzubereiten, die plötzlich zu sogenannten feindlichen Agenten geworden waren.

Gary zu finden, würde nicht schwer sein, denn er hinterließ die schreckliche, unsichtbare Spur des Todes.

Am frühen Nachmittag des gleichen Tages erreichte er eine kleine Stadt, wo er auf die Idee kam, ein Kino zu besuchen. Es war ein reichlich freizügiger Film und erinnerte ihn daran, daß noch etwas anderes als bloße Nahrung zum Leben gehörte. Mißmutig betastete er die wenigen Geldstücke in seiner Tasche und beschloß, diesem offensichtlichen Übel recht bald abzuhelfen. Er sah sich den Film ein zweites Mal an. Als er das Kino verließ, begann es bereits zu dämmern.

Sein erster Raub hatte ihm Kleidung und ein wenig Taschengeld eingebracht, sein zweiter jedoch eine gefüllte Brieftasche. Er verließ die Stadt auf dem schnellsten Weg und begab sich in eine andere.

Es war noch früh genug, um einen gebrauchten Anzug zu kaufen. Den Overall warf er in einer Seitenstraße fort. Den alten Ford ließ er irgendwo stehen, setzte sich in einen Bus und befand sich spät am Abend in Little Rock.

Sehr schnell fand er, was er suchte: eine kleine Bar. Hier gab es Radio und Zeitungen, Mädchen und Alkohol. Das Radio plärrte alle Viertelstunde die Nachricht, daß ein feindlicher Agent über den Fluß gelangt sei und unbedingt gefaßt werden müsse. Die Bevölkerung wurde gebeten, bei der Suche nach ihm behilflich zu sein.

»Den kriegen sie schnell«, sagte Gary und nickte dem Barkeeper zu. »Die Soldaten kriegen jeden.«

Der Barkeeper nickte zustimmend.

»Bisher haben sie noch jeden erwischt, und das ist gut so. Sie wissen ja, was hier in Little Rock los war, ehe die Soldaten die Macht ergriffen?«

Gary nickte, obwohl er keine Ahnung hatte.

Wenig später verließ er die Bar und wanderte durch die Straßen. Das grelle Neonlicht hatte er in den vergangenen Jahren auch vermißt. Erst jetzt fiel ihm das auf. Nur wenig Autos belebten die Stadt, aber sie verbreiteten einen vertrauten Gestank von Benzin und Öl, der ihm immer deutlicher sagte: Jetzt lebst du erst wieder richtig, Gary! Du lebst!

Im etwas dunkleren Stadtteil fand er ein Mädchen, das ein schäbiges Zimmer ihr eigen nannte und bereit war, ihn für wenige Tage aufzunehmen. Er wußte, daß nur seine volle Brieftasche sie dazu bewog, aber das war ihm egal. Sie war eine Frau, und das genügte ihm vollauf. Für einige Tage brauchte er sich um Unterkunft und Mittagessen nicht zu sorgen.

Sie sprach viel am folgenden Tag, und er hörte ihr zu. So vergaß er völlig, das Radio anzustellen oder sich eine Zeitung zu besorgen. Ihre Stimme genügte ihm, mehr wollte er jetzt nicht vom Leben. Und so erfuhr er auch nicht, was inzwischen Neues geschehen war.

Am Nachmittag erst unternahm er einen kleinen Streifzug durch die Stadt, und hier und da kaufte er etwas ein. Einen Rasierapparat für sich, eine Tafel Schokolade für das Mädchen. Für den nächsten Tag besorgte er Fleisch und Gemüse. Vollbeladen mit all den Dingen erreichte er schließlich kurz vor Sonnenuntergang die Wohnung, drückte die Klinke nieder und betrat das Zimmer. Auf der Schwelle blieb er wie versteinert stehen und starrte auf den halbnackten Körper des Mädchens, das tot am Boden lag. Ihr Körper begann bereits sich zu verfärben.

Er ließ alles fallen, drehte sich um und rannte aus dem Haus. Ohne zu überlegen, sprang er in den ersten Bus, der ihn weiter nach Süden brachte.

Er wußte nicht, ob er schon jemals in Shreveport gewesen war, vielleicht nur durchgefahren. Aber eines wußte er: in Little Rock war ein Mädchen durch seine Schuld qualvoll gestorben. Die Erinnerung an den verfärbten Körper und an die anklagenden toten Augen verließ ihn auch dann nicht, als er durch die hellerleuchteten Straßen von Shreveport ging.

Auch hier würde er nicht länger als einen Tag bleiben können. Einen Tag nur, dann mußte er weiter, wollte er nicht entdeckt werden. Seine eigene Vergangenheit holte ihn nach vierundzwanzig Stunden ein. Vierundzwanzig Stunden hinter ihm schritt der Tod.

Die Hoffmanns waren nicht von ihm angesteckt worden, denn sie waren genauso immun wie er. Alle, die jetzt noch östlich des Flusses lebten, waren immun. Aber sie trugen den Tod in sich, für jene, die westlich des Flusses wohnten. Er selbst tötete unschuldige Menschen, im Bus, in den Geschäften, in den Bars.

In einem Lokal saß er still in einer Ecke, isoliert von den anderen Gästen durch einige leere Tische. An der Theke stand ein Taxifahrer und las in einer Zeitung. Gary wußte, ohne hinzusehen, daß sich die Schlagzeile mit ihm befaßte. Ein Bild von ihm hatten sie zum Glück noch nicht gebracht. Ob sie keines besaßen?

Nicht nur die Armee war hinter ihm her, sondern nun auch die gesamte Bevölkerung. Alle suchten ihn, viele sahen ihn; aber sie würden es erst wissen, wenn es zu spät war. Verflucht sei Oliver, der diese Entwicklung genau vorausgesagt hatte!

Das also war das herrliche Leben westlich des Mississippi! Und deswegen hatte er sein Leben riskiert, um über den Fluß zu kommen? Um überall nur einen Tag bleiben zu können?

»Sie werden den verdammten Bastard schon kriegen!«

Gary fuhr herum. Es war der Taxifahrer.

»Ganz bestimmt!« nickte Gary ihm zu, bezahlte und verließ die Kneipe.

Also ein Bastard war er, und nur darum, weil er auch leben wollte. Sie würden ihn jagen und wie einen Hund abknallen, sobald sie ihn erwischten. Sie wollten ihn töten, weil er schon längst hätte tot sein müssen, weil er länger lebte, als sie ihm gestatteten. Aber konnte er sie nicht alle auslachen? War er nicht stärker als sie? Hatte er sie nicht in der Hand, wenn man es richtig betrachtete? Wenn er dem Taxifahrer ins Gesicht hustete, die Kellnerin küßte oder seinen Arm um die Bardame legte, waren sie vom Tode gezeichnet. Er tötete sie, während sie ihn jagten. Aber morgen schon müßte er wieder die Stadt verlassen haben, sonst erwischten sie ihn.

Am Bordstein stand der Wagen des Taxifahrers; der Motor tuckerte leise. Gary sah durch die Scheiben des Restaurants. Der Mann las immer noch seine Zeitung. Schnell trat Gary auf die Straße, öffnete den Schlag und setzte sich hinter das Steuer. Langsam und geräuschlos, um keine Aufmerksamkeit zu erregen, ließ er das Fahrzeug anrollen. Als er hundert Meter entfernt war, drückte er den Gashebel bis auf den Boden und schoß durch die fast leeren Straßen. Eine Ampel zwang ihn, das Tempo zu verlangsamen, und er wandte sich nach Westen. Instinktiv entfernte er sich immer weiter vom Fluß. Die Verfolger würden wahrscheinlich auch annehmen, er flüchte weiter in südlicher Richtung.

Schon von weitem sah er, daß die Straße am Ausgang der Stadt blockiert war. Eine Straßensperre war errichtet worden, und uniformierte Polizisten kontrollierten jeden Wagen. Ohne seine Geschwindigkeit herabzusetzen, bog er in eine Seitenstraße ein und kehrte ins Zentrum zurück. Er versuchte es diesmal in nördlicher Richtung, aber auch hier war die Ausfallstraße blockiert. Im Süden das gleiche.

Panik erfaßte ihn, denn auch die Insassen eines Omnibusses wurden überprüft. Das hatte er aus der Ferne beobachten können. Selbst wenn die Straße nach Norden offen gewesen wäre, hätte er nicht in dieser Richtung fliehen können. Denn Little Rock wäre von Süden her ebenfalls gesperrt gewesen. Das Mädchen dort war seine letzte Spur. Morgen gäbe es neue Hinweise. Eine tote Kellnerin in Shreveport . . .

War die Flucht nur nach Osten möglich?

Vorsichtig überquerte er den Red River und fuhr durch Bossier City. Keiner hielt ihn an. Auch an der Ausfallstraße nach Monroe und dem Mississippi war keine Polizei. Er fuhr weiter.

Doch er war sich darüber klar, daß bald Kontrollen kommen würden. Der Taxifahrer meldete den Verlust seines Wagens, die Posten am Nord-, West- und Südausgang der Stadt würden berichten, der gestohlene Wagen sei nicht gesichtet worden. Automatisch bliebe nur der Osten.

Gary wußte plötzlich, daß er den Wagen loswerden mußte.

Die Gelegenheit bot sich am anderen Morgen.

Er überholte einen alten Ford, in dem eine ältere Frau saß, die vorsichtig und nie mit höherer Geschwindigkeit als vielleicht fünfzig Kilometer ihrem unbekannten Ziel zustrebte.

Eine vorsichtige Frau in einem alten Wagen, einsam und verloren in der Morgendämmerung, nicht mehr weit vom Niemandsland am Fluß entfernt. Vielleicht wollte sie zu einer der vereinzelten Farmen.

Gary verminderte seine Geschwindigkeit und setzte sich vor den überholten Wagen. Im Rückspiegel sah er das verwunderte Gesicht der Frau, die seine Fahrweise sichtlich nicht verstand. Mal fuhr er schneller, mal langsamer, und immer paßte sie sich seiner jeweiligen Geschwindigkeit an, so lange, bis er plötzlich ein wenig zu plötzlich stoppte und sie auf ihn auffuhr.

Gary stieg aus seinem Fahrzeug und ging um den Wagen herum, um den Schaden zu besichtigen. Eine Sekunde später war sie bei ihm und begann auf ihn zu schimpfen. So einen Stümper hätte sie noch nie gesehen, meinte sie wütend und fügte hinzu, es sei ein Wunder, wie er den Führerschein gemacht habe.

Ohne ein Wort der Entgegnung nahm Gary die Frau beim Arm, zog sie zu dem gestohlenen Taxi und schob sie hinter das Steuer. Ehe sie sich von ihrem Erstaunen erholt hatte, saß er in dem Ford und legte den Rückwärtsgang ein. Dann fuhr er mit zunehmender Geschwindigkeit an dem Taxi vorbei und ließ eine vollkommen verdatterte Frau zurück. Im Rückspiegel konnte er erkennen, daß sie ausgestiegen war und heftig mit den Armen hinter ihm herwinkte.

Er gab Vollgas, aber mehr als siebzig Kilometer gab die alte Karre nicht mehr her.

Bald gab er es auf, und in fast gemütlichem Tempo fuhr er weiter nach Osten.

Das unerträglich helle Pfeifen eines Düsenkampfflugzeugs im Sturzflug erregte seine Aufmerksamkeit. Unwillkürlich hielt er an, sprang aus dem Wagen und suchte im Graben Deckung, ehe er nach dem Flugzeug Ausschau hielt. Er atmete auf, als er sah, daß es weit hinter ihm auf den Highway herabstieß, dann wieder aufstieg, eine Kurve beschrieb und erneut herabstieß.

Dabei vernahm Gary deutlich das knatternde Geräusch eines Maschinengewehrs.

Der Taxifahrer würde sich freuen, wenn er seinen Wagen wiederbekam.

In aller Ruhe kletterte Gary wieder in den alten Ford und fuhr weiter nach Osten. Dort war die einzige Richtung, in der er Sicherheit finden würde.

Hoffentlich bemerkte ihn der Pilot nicht.

Kein Zweifel: In Shreveport war seine vorübergehende Anwesenheit bereits entdeckt worden.

Dunkel und breit lag der Fluß vor ihm.

Mit einem leisen Flüstern zog das Wasser träge nach Süden. Es war kein eigentliches Geräusch, aber Schweigen war es auch nicht. Ein lautes Schweigen — genauso wie es über dem Land jenseits des Flusses lag, zu dem er nun zurückgekehrt war.

Reglos lag er in dem hohen Gras. Mit scharfen Augen durchforschte er die Nacht nach dem noch dunkleren Schatten eines Postens. Sie mußten wissen, daß er sich irgendwo zwischen dem zerschossenen Taxi und dem Fluß befinden würde, sie würden sogar wissen, wohin er flüchten wollte, aber sie sprachen ihm das Recht ab, dorthin zurückzukehren, woher er gekommen war.

Ganz still lag er da. Er haßte sich selbst und die Welt. Er haßte den Fluß und das lange, laute Schweigen.

Es blieb ihm nun auch keine andere Wahl, wollte er weiterleben. Er haßte also auch diese Wahl, die Entscheidung, von der sein Leben abhing. Sicher, er konnte jetzt aufspringen und seine Fäuste drohend gegen Westen recken — eine Sekunde später wäre er tot.

Er konnte auch zurückgehen in die lebendigen Städte des Westens — und was dann?

Der Fluß war die Grenze zwischen einer zerrissenen Nation, zwischen der Armut und dem Reichtum, zwischen Tod und Leben. Im einen Land gab es Essen, Trinken, Schokolade, Radio, Benzin, Neonlicht, Geld, Kino, Frauen — eben alles. Im andern Land dagegen gab es nur das nackte Überleben, mehr nicht.

Der schwarze Schatten eines Soldaten huschte nicht weit von ihm entfernt vorbei.

Gary hielt den Atem an und wartete. Als er bis hundert gezählt hatte, kroch er auf Händen und Füßen auf das Flußufer zu. Das Gras hörte auf und machte Sand und Felsen Platz. Ein Stein lockerte sich und rollte die Böschung hinab. Gary erstarrte in seinen Bewegungen. Als nichts geschah, kroch er weiter, bis seine Hände das kalte Wasser berührten. Er zögerte einen Augenblick, dann ließ er seinen nackten Körper hineingleiten und schwamm in ruhigen, gleichmäßigen Stößen der Mitte des Stromes zu, weg vom Westufer, weg von der Zivilisation.

In der Mitte des Mississippi waren einige kleine Inseln. Die wollte er erreichen, um eine kleine Pause einzulegen, ehe er sich in das große Schweigen der andern Seite gleiten ließ.

Seine Schwimmstöße wurden kräftiger, je weiter er sich vom Ufer entfernte.

In ihm brannte noch immer der Haß, diesmal auf seine verflüchtigte Hoffnung, auf sein jahrelanges Planen, das sich als vergeblich erwiesen hatte.

Sicher, er hatte den Fluß überquert, aber er hatte nicht das gefunden, was er zu finden hoffte.

Er war grenzenlos enttäuscht.

Für einen Augenblick wünschte er, er hätte die Seuche dort drüben verbreiten können, blitzartig und tödlich. Er hätte die Weststaaten am liebsten genauso gesehen wie den unglücklicheren Osten, damit sie ihn verstanden hätten.

Und weiter schwamm er, nachdem er sich auf dem winzigen Eiland ausgeruht hatte. So lange, bis er wieder Sand unter den

Füßen fühlte. Langsam stieg er aus dem Wasser, bis er das Ufer erreicht hatte. Dann erst wandte er sich um, hob seine zur Faust geballten Hände und schüttelte sie drohend gen Westen.

»Ihr verfluchten Hunde!« brüllte er, meinte aber das Schicksal.

Dann schritt er von neuem hinein in das nicht enden wollende Schweigen des verlorenen Landes, er, der Unheilbare, der Paria.

12

Weit hinein in den Golf von Mexiko ragte die bekannte Halbinsel. Wie damals noch wellte sich der sandige Strand, und die heiße Sonne brannte vom blauen Himmel herab. Aber das war auch das einzige, das sich nicht geändert hatte.

Gary stocherte in den verkohlten Trümmern der Fischerhütte herum und suchte nach Anhaltspunkten über den Verbleib der Bewohner. Vielleicht konnte er herausfinden, wann das Unglück geschehen war, und wie. Es konnte schon einige Jahre her sein. Wer wollte das wissen?

Er wanderte am Strand entlang und schaute hinaus auf die weite See und erinnerte sich jenes Tages, da Oliver und Sally ein Segel gesehen hatten. Heute war er sicher, daß es eine Täuschung gewesen sein mußte.

Der alte Geldtransporter war verschwunden und hatte keine Spuren hinterlassen. Der Herd in der Hütte war das einzige, was nicht vom Feuer zerstört worden war. Die Metallteile allerdings waren zum Teil geschmolzen und bildeten ein häßliches Durcheinander verrosteten Alteisens. Die alte Holzbrücke war fast völlig abgebrochen worden, wahrscheinlich, um Brennholz abzugeben. Der Rest verfaulte, halb im Wasser liegend. Der Wind, der Regen und die See hatten alle Spuren einer menschlichen Anwesenheit verwischt. Nur seine eigenen Fußspuren im Sand zeugten von der Anwesenheit eines lebendigen Wesens.

Oliver war verschwunden, Sally war verschwunden — und das Kind war ebenfalls verschwunden.

Wo waren sie geblieben?

Ärgerlich stieß er mit dem Fuß gegen die verbrannten Reste der Hütte, und es kam ihm überraschend zum Bewußtsein, daß der Vorteil, hier an der warmen Küste zu überwintern, überhaupt kein Vorteil mehr war. Zu viele der noch Überlebenden zogen im Winter nach Süden, denn auch sie hatten den warmen Sand und den Fischreichtum des Meeres entdeckt.

Und nur zu gut wußte Gary, daß diejenigen, die jetzt noch lebten, die Gefährlichsten waren, der eiserne Kern gewissermaßen. Der harte Rest einer untergegangenen Menschheit östlich des Mississippi.

Er verhielt seine Schritte, um nachzurechnen.

War es nicht das fünfte Jahr seit der Katastrophe? Vor fünf Jahren waren die Bomben gefallen und er in dem kleinen Hotel aufgewacht. Und in einem der letzten Jahre hatten Fremde diese Hütte auf der Halbinsel gefunden. Sie hatten sie überfallen, ausgeraubt und schließlich niedergebrannt.

Was aber hatten sie mit den Bewohnern gemacht?

Sein nackter Fuß stieß gegen etwas Hartes. Er bückte sich und strich den losen Sand beiseite, denn der Gegenstand war halb eingegraben. Dann hielt er die kleine Kette in der Hand, die Oliver seiner Sally zu Weihnachten geschenkt hatte. Die Holzstückchen waren noch gut erhalten und waren ein überzeugender Beweis für die Schnitzkunst des ehemaligen Nachrichtensoldaten.

Gary ließ die Kette fallen und beeilte sich, die Insel zu verlassen. Er war sich auf einmal der Gefahr bewußt, die sein unachtsamer Aufenthalt auf dem Strand heraufbeschwor.

Er mußte unbedingt etwas zu essen auftreiben.

Drei Tage hatte er schon nichts mehr gegessen, und in seinen Därmen wühlte der Hunger. Die Luft in der Höhle war nicht besonders gut, sondern feucht und muffig. In dem Eimer war nicht mehr als ein halber Liter Wasser, den er vielleicht noch rationieren konnte, aber trotzdem benötigte er unbedingt eine Mahlzeit. Sonst wurde er zu schwach, um noch ein Gewehr halten zu können. Und das bedeutete, er wurde zu schwach zum Kämpfen.

Die letzten Wurzeln, die er aus dem gefrorenen Boden gerissen hatte, waren aufgebraucht. Er hatte sich an ihren bitteren Geschmack gewöhnt und wäre jetzt froh gewesen, hätte er noch welche gehabt.

Gary nahm sein kleinkalibriges Gewehr und kroch zum Ausgang der Höhle, um die schneebedeckte Ebene aufmerksam zu betrachten.

Früher war ihm ein schweres Gewehr lieber gewesen, eine Waffe, die weit reichte und eine Beute auf große Entfernung töten konnte. Aber die Verhältnisse hatten sich in den vielen Jahren grundlegend geändert, und Männer, die ihre Taktik nicht änderten und bei diesen schweren Waffen blieben, lebten längst nicht mehr.

Ein Schuß aus einem schweren Jagdgewehr oder einem Karabiner ist so laut, daß man ihn weit zu hören vermag, denn das Land ist still und wachsam. Ein Schuß aber bedeutet Menschen, und ein Mensch bedeutet Nahrung!

Sehr schnell hatte Gary herausgefunden, daß ein Kleinkalibergewehr viel weniger Lärm verursachte und genausogut tötete, wenn man sich nahe genug an das Opfer heranschleicht. Um also selbst zu überleben und sich nicht zu verraten, wechselte er seine Taktik und wählte die leichte Waffe. Er wartete nur, bis irgendwo in der Ferne der Knall einer anderen Waffe ertönte, das bedeutete nichts anderes, als daß jemand ein Wild erlegt hatte. Er hatte dann nur den Jäger unschädlich zu machen, um die Beute zu erlangen. Sicher, kein moralisches Heldenstück, aber die einzige Möglichkeit, den andern Tag zu erleben.

Die Ebene vor ihm war weit und leer. Frisch gefallener Schnee bedeckte sie. Nichts auf ihr rührte oder regte sich.

Vorsichtig schob er die schützenden Zweige vor dem Eingang beiseite und kroch Zoll für Zoll vorwärts. Dabei sicherte er nach allen Seiten und besonders nach oben. Endlich richtete er sich auf und trat ins Freie. Über der Höhle erstreckte sich ein sanfter Hügel, dem er seine Aufmerksamkeit schenkte.

Vor drei oder vier Jahren hatte hier jemand versucht, ihn zu überfallen. Tagelang mußte der Fremde über dem Höhleneingang gelegen und gewartet haben, bis er herauskäme. Als es dann geschah, hatte er mit einem rostigen Bajonett zugestoßen. Nur der Umstand, daß er dabei zu langsam vorgegangen war, hatte Gary das Leben gerettet. Der ehemalige Corporal hatte das Handgelenk blitzartig ergriffen und den Mann herabgezogen. Später hatte er den Hügel mit Drähten bespannt, die ihm jede Annäherung sofort verrieten.

Langsam ging er den Abhang hinunter, der Ebene entgegen. Mehr als einmal drehte er sich um und betrachtete seine verräterischen Fußspuren in dem frischen Schnee. Sie gaben sein Versteck preis, aber im Augenblick konnte er nichts dagegen tun. Er mußte sich auf sein Glück verlassen und darauf, daß niemand in der Nähe war. Der Vorteil jedoch lag offensichtlich auf der Hand: er würde einen Fremden ebenfalls sofort an seinen Spuren bemerken.

Der Schnee hatte aber noch andere Vorteile: er konnte die wenigen Kaninchen ausfindig machen, die noch geblieben waren, auch Wiesel und Feldmäuse, eben alles, was man essen konnte. Er stellte Fallen, denn die Munition war knapp und wertvoll.

Am Fuße des Hügels ließ sich Gary auf dem gefrorenen

Boden nieder, das Gewehr schußbereit. Die Luft war kalt und still, die Welt leer, und nichts außer ihm schien zu leben. Manchmal sehnte er sich nach der Vergangenheit, in der noch andere Menschen — Männer und Frauen — durch das Schweigen wanderten, ohne Gefahr für sich selbst, solange sie die notwendige Vorsicht walten ließen. Er erinnerte sich an ein Farmhaus in Wisconsin, an eine Familie, die darin lebte, und an das kleine Mädchen, das er vor dem Tode gerettet hatte. Aber das war schon so lange her, viele, viele Jahre bereits. Damals war er noch jünger gewesen und kannte drei Mahlzeiten täglich. Heute kannte er deren nur noch drei in der Woche — wenn er Glück hatte.

Immer noch lag die Ebene still und weiß vor ihm. Ein alter Highway zog sich mitten durch sie dahin. Er war voller Risse und Sprünge.

Ein einziger Wagen war einmal an ihm vorbeigefahren in den vergangenen Jahren. Wie viele waren es insgesamt gewesen? Zehn vielleicht? Wie lange war es her, seit er damals in dem kleinen Hotel aufgewacht und sich in einer ihm fremden Welt befunden hatte? Wann war das mit Florida, Sally und Oliver gewesen? Wann der unglückliche Ausflug auf die andere Seite des Flusses? Zehn Jahre bestimmt, eher noch mehr.

Ja, ein einziger Wagen war hier auf dieser Straße vorbeigekommen. Ein schwer gepanzertes Fahrzeug, ähnlich wie damals der Geldtransporter. Das Geräusch hatte ihn aus der Höhle gelockt, und am liebsten wäre er in die Ebene geeilt, auf den Wagen zu. Aber dann hatte er sich versteckt und hatte dem davonrollenden Fahrzeug nachgeschaut, bis es am Horizont verschwunden war.

Er stand auf und wanderte langsam am Fuß des Hügels entlang.

Aus den Hügeln herab kam ein kleiner Fluß, der jetzt zugefroren war. Das war sein Jagdgebiet. Manchmal erlegte er hier Wild, manchmal aber auch Menschen. Jetzt im Winter war die Jagd wegen des zugefrorenen Flusses fast sinnlos, aber trotzdem versuchte er es, pirschte sich näher heran und ließ sich auf die Knie nieder, um nach Spuren zu suchen.

Er fand nichts und ging weiter. Keine Spuren verrieten die Anwesenheit eines Tieres. Vielleicht war er zu früh gekommen.

In der Ferne erklang plötzlich das gedämpfte Krachen eines Schusses.

Überrascht und plötzlich mit fieberhafter Erwartung erfüllt, sank Gary geräuschlos in sich zusammen und lauschte. Vorsichtig suchte er den Horizont ab.

Es mußte eine mittelschwere Schrotflinte gewesen sein, aber so genau ließ sich das auf die Entfernung hin nicht bestimmen. Ihn hatte man nicht bemerkt, sonst würde man sich gehütet haben, einen Schuß abzufeuern.

Der Gedanke daran, eventuell Beute erlangen zu können, erhöhte den bohrenden Hungerschmerz in seinen Eingeweiden. Er wartete gerade lange genug, um sich davon zu überzeugen, daß niemand anders den Schuß gehört hatte und in die gleiche Richtung eilte, dann sprang er auf und bewegte sich vorsichtig durch die vereinzelten Sträucher, diese als spärliche Deckung ausnutzend. Aber rings um ihn war die Welt leer, nur drüben am Horizont befand sich ein Mensch.

Der Schuß mußte in Richtung der Stadt gefallen sein, jener Stadt, die immer eine tödliche Bedrohung bedeutete, da sie zu viele Verstecke bot. Die wenigen noch lebenden Menschen liebten die Städte, träumten in ihnen von vergangenen Zeiten und benutzten die Ruinen als Verstecke. Andere, weniger Vorsichtige, kamen in diese Städte und wurden die leichte Beute der dort Lauernden. Es gab natürlich auch Städte, in denen kein Mensch mehr hauste, und Fremde betraten sie nicht, weil sie eventuelle Bewohner fürchteten.

Fast zwei Stunden benötigte Gary, um sich der Stadt zu nähern. Und hier fand er die frische Spur im Schnee.

Sofort ließ er sich auf die Knie nieder und hockte da, ein dunkler Fleck auf der weißen Fläche, aber dennoch nicht auf weite Entfernung hin sichtbar. Aufmerksam betrachtete er die Spuren des Mannes, der hier vorbeigekommen war. Sein Gewicht konnte nicht viel mehr als sechzig Kilo betragen, denn die Spuren hatten sich nicht tief eingedrückt. Seltsam schien es Gary, daß die Schuhe scheinbar eine gute, neue Sohle besaßen. Die regelmäßige Spur verriet Gary außerdem, daß der Mann gut ernährt sein mußte, trotz seines geringen Gewichtes, denn er war aufrecht und sicher gegangen, ohne einmal zu stolpern. Der rechte Fuß zeigte etwas tiefere Abdrücke; offensichtlich hatte der Fremde auf der Schulter etwas Schweres getragen.

Aber er hatte keine Vorsicht walten lassen und seine Spur nicht zu verwischen versucht. Vielleicht eine Falle?

Nur ein Narr würde dieser Spur folgen, einer Spur, die so offensichtlich einem wohlgenährten Reisenden gehörte. Ein halb Verhungerter allerdings kannte keine Vorsicht, er würde hinter seiner vermeintlichen Beute hereilen, um sie zu erlegen. Er würde sie natürlich niemals erreichen.

Die Spuren führten in die Stadt.

Gary kroch ein wenig näher und beobachtete die leeren Straßen, die halb zerfallenen Häuser und die verlassenen Bürgersteige. Nichts regte sich, und aus keinem der Kamine stieg verräterischer Rauch.

Eine ganze Stunde verging so, und Gary begann zu frieren. Er vermochte nicht die geringste verdächtige Bewegung festzustellen.

Gary wartete reglos auf den Schneefall.

Am späten Nachmittag wurde seine Geduld belohnt. Es begann in dicken, schweren Flocken zu schneien.

Bald hatte der Schnee den reglos verharrenden Gary bedeckt, der nun nichts anderes mehr war als ein kleiner, weißer Hügel in der weiten Ebene vor der Stadt.

Er schnupperte, und der Geruch ließ ihn hellwach werden.

Es war unmöglich, den Geruch zu identifizieren.

Eine halbe Stunde später jedoch roch er den Rauch eines

Feuers.

Gary wachte weiter. Der Rauch war in der klaren Nacht nicht zu sehen, aber er war da. Der Geruch von vorhin war nicht zurückgekehrt.

Langsam wurde ihm klar, daß er nun nicht mehr länger warten konnte. Wenn es Tag wurde, konnte er sich nur von der Stadt zurückziehen in die Sicherheit seiner Höhle.

Er zögerte nur wenige Sekunden, ehe er langsam auf die schattenhaften Umrisse der nicht weit entfernten Häuser zu zukriechen begann. Sein Magen knurrte jetzt rebellischer denn je.

Er kroch auf allen vieren und achtete sorgfältig darauf, daß der Schnee, der seinen Rücken bedeckte, nicht herabfiel. Der Geruch des Rauches wurde intensiver, je näher er den ersten Häusern kam, und plötzlich hatte er seinen Ursprung entdeckt. Er kam aus dem halbzerfallenen Kamin des ersten Hauses, am Rande des Feldes, das er überquerte. Vorsichtig schlich er näher, umkreiste das Haus, legte ab und zu Pausen ein, um aufmerksam zu lauschen und zu beobachten.

Vor der Tür fand er frische Spuren. Sie konnten erst nach Beendigung des Schneefalls in der Nacht entstanden sein. Ihm fiel auf, daß sie viel kleiner waren als jene, die er draußen auf der Ebene gesehen hatte, und er wußte auch gleich, warum: sie waren von nackten Füßen verursacht worden.

Er kroch noch einmal um das ganze Haus und hielt bei dem Kamin an, der eine merkliche Wärme ausströmte. Lauschend entdeckte er ein neues Geräusch, dessen Bedeutung ihm schon fast unbekannt war, das aber gute Erinnerungen in ihm wachrief: kochendes Wasser!

Wer kochte sich da mitten in der Nacht etwas zu essen? Wer zündete ein verräterisches Feuer an, und wer stellte sich barfuß in der Nacht vor ein Haus, ungeachtet der Tatsache, daß sein Körpergeruch vom Wind davongetragen wurde?

Mit äußerster Vorsicht erhob er sich und preßte seine Nase gegen die Spalte eines geschlossenen Fensterladens. Wärme spürte er und roch das kochende Wasser und — seltsam — wieder jenen undefinierbaren Duft, der ihn an eine Welt erinnerte, die längst versunken war:

Eine Frau und Parfüm!

Plötzlich hörte er Geräusche aus dem Haus und ließ sich blitzschnell zu Boden fallen.

Ganz langsam öffnete sich die Haustür, und er wußte, daß wieder die nackten Füße im Schnee standen. Ihr Besitzer würde vielleicht sogar ein wenig weiter hinausgehen als vorher, um einen besseren Überblick zu gewinnen. Der Jäger wußte, daß ihm das Wild gefolgt war, und er würde sich dementsprechend verhalten.

Vorsichtig schob sich Gary zur Hausecke vor, um etwas sehen zu können. Aus dem Gürtel zog er sein langes Messer. Er würde warten, bis seine Beute sich umdrehte, um ins Haus zurückzugehen, ehe er sie von hinten ansprang.

Er kauerte sich zusammen. Die Tür war mit einem leisen Knacken geschlossen worden, und er hörte das Geräusch nackter Füße auf Holzboden.

Gary sprang auf und eilte mit schnellen Sprüngen zur Tür, das Messer wurfbereit in der Hand. Er hielt es an der Schneide, denn er beabsichtigte nicht, die Frau zu töten. Wäre es ein Mann gewesen, hätte er keine Sekunde gezögert . . .

Er stieß die Tür auf und befand sich in dem einzigen Raum. Sie stand, mit dem Rücken zu ihm, vor dem lodernden Feuer.

Das Messer flog durch die Luft und traf mit dem harten Griff ihren Hinterkopf. Ohne einen Laut von sich zu geben, sank sie zu Boden.

Er ging zu ihr, hob das Gewehr auf und entfernte die Patronen. Dann löschte er das Feuer im Kamin mit dem Wasser, das kochend in einem Kessel darüber hing.

Dann erst betrachtete er die am Boden liegende Frau. Ihre Kleider lagen säuberlich geordnet neben dem Kamin auf einem Schemel, darunter standen ihre Schuhe und ein großer schwarzer Sack, vollgepackt mit irgendwelchen Dingen. Dieser

Sack erregte seine Neugier wesentlich mehr als die Bewußtlose. Er hob sein Messer vom Boden auf und schlitzte ihn auf.

Die halbgefrorenen Reste eines Kaninchens kamen zum Vorschein. Er überlegte nicht lange, sondern schlug seine Zähne in das kalte, rohe Fleisch. Hastig verschlang er die Reste des Tieres und spürte, wie sein Magen das Knurren einzustellen begann. Dann suchte er weiter.

Verstört betrachtete er die Glasstückchen, auf die er dann stieß. Der halbe Sack war voll solcher Stückchen, zum Teil glatt geschliffen und im Glanz des durch die übrigen Fenster scheinenden Schnees hell glitzernd. Oder war es kein Glas?

Er ließ plötzlich das schimmernde Zeug fallen, bückte sich und drehte die Frau um, um sich ihr Gesicht genauer anzuschauen.

Nach einer langen Zeit stand er auf, ging zur Tür und holte eine Handvoll Schnee herein. Damit rieb er ihre Wangen ein und beschleunigte somit den Wiederbelebungsprozeß. Er saß auf dem Holzboden, ihren Kopf auf seinen Schoß gebettet, und massierte ihren Nacken. Dabei begann er bereits, Pläne für eine gemeinsame Zukunft zu schmieden.

Sie konnte ihm eine unschätzbare Hilfe beim Kampf ums Dasein bedeuten, denn würde es je einen besseren Köder als sie geben, wenn es galt, Männer in die Falle zu locken? Hatte sie das nicht selbst heute nacht bewiesen? Eine Idee, die zu überlegen wäre.

Als sich ihre Augen öffneten, waren sie genauso blau wie damals, als sie ihn das erstemal angesehen hatten. Sie war sogar genauso erschrocken wie damals, als er sie beim Plündern des Juweliergeschäfts überrascht hatte.

Ihr Körper hatte sich in den vergangenen Jahren verändert. Er war weiblicher geworden, als damals mit neunzehn. Zehn Jahre lang hatte sie den Kampf ums nackte Leben bestanden. Und nun waren sie sich wieder begegnet.

Er beugte sich zu ihr hinab. »Hallo, Teenager! Kennst du mich noch . . .?«

Wilson Tucker

Die letzten der Unsterblichen

Science Fiction Roman

Ullstein Buch 2959

ein Ullstein Buch

Vor zwölftausend Jahren stürzte das Raumschiff über der Erde ab.
Sechs Mitglieder der dreihundertköpfigen Besatzung blieben am Leben. Sie durchstreiften die Erde, sie wurden Könige und Propheten, Halbgötter und Magier.
Aber auch ihre Unsterblichkeit kennt Grenzen: zum Überleben brauchen sie schweres Wasser, und das wird immer seltener ...